CETTE VOIX

OUVRAGES DE ROBERT PINGET

☆m

Entre Fantoine et Agapa, nouvelles, 1951.
Mahu ou le matériau, roman, 1952.
Le renard et la boussole, roman, 1953.
Graal Flibuste, roman, 1956.
Baga, roman, 1958.
Le fiston, roman, 1959.
Lettre morte, théâtre, 1959.
La manivelle, théâtre, 1960.
Clope au dossier, roman, 1961.
Ici ou ailleurs, théâtre, 1961.
Architruc, théâtre, 1961.
L'hypothèse, théâtre, 1961.
L'inquisitoire, roman, 1962.
Autour de Mortin, théâtre, 1965.
Quelqu'un, roman, 1965.
Le Libera, roman, 1968.
Passacaille, roman, 1969.
Identité, théâtre, 1971.
Abel et Bela, théâtre, 1971.
Fable, récit, 1971.
Paralchimie, théâtre, 1973.
Nuit, théâtre, 1973.
Cette voix, roman, 1975.
L'apocryphe, roman, 1980.
Monsieur Songe, récit, 1982.
Le harnais, carnets, 1984.
Charrue, carnets, 1985.
Un testament bizarre, théâtre, 1986.
L'ennemi, roman, 1987.
Du nerf, carnets, 1990.

ROBERT PINGET

CETTE VOIX

LES ÉDITIONS DE MINUIT

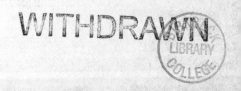

ISBN 2-7073-0047-0

Cette voix.

Coupure de la nuit des temps.

Ou cette lettre adressée on ne sait plus à qui dont on trouve des brouillons disséminés partout.

Demander Théodore classer papiers.

Son nom chuchoté il hurle il se réveille en sueur dans cette chambre où tout recommence cette table la nuit il est sorti et refaisait le trajet de la cour jusqu'aux champs il suivait un étroit sentier.

Manque un raccord.

Les jours poisseux l'horreur de la mémoire.

Quelque bruit venant du fond un murmure un chuchotement serment ou

prière ou long discours non-lieu définitif la Parque bredouillante.

Tout s'est figé dans le cataclysme.

Quelle voix quelle foi.

Une ardoise d'écolier ici mais surtout
l'éponge.

Deux ou trois mots.

Traces d'effacement.

Deux ou trois mots on entend mal le
reste imprononçable rien zéro nom âge
lieu zéro.

Émerger de moins que rien sous zéro
en fait poussé par on ne sait quoi le
mercure soudain nostalgique en quête
de tiédeur gageons maternelle vague
relent de symbole mais qu'importe plus
personne à ménager deux ou trois mots
dont celui pchlllpchlll.

Manque un raccord.

Enjamber un mur ou un soubassement
un ouvrage de brique ou de béton souvenir de contact rugueux et froid ce
pouvait être de la pierre pour ensuite
enjamber d'autres ouvrages contact
plus ou moins froid fouler du gravier

de l'herbe par intermittences et buter dans du feuillage tout aussi approximatif or disant fouler enjamber on exagère vu l'équilibre instable qui était le sien très faible sur ses jambes plus souvent par terre que debout ramper autant que marcher tomber se relever tâtonner.

Un doute aussi au sujet des contacts son épiderme ne devait pas être en bon état bref tout cela dans la nuit les ténèbres épaisses et les odeurs de glèbe de terre d'humus comment dire pour oublier un peu le terme de pourriture car en effet autant que de se souvenir il s'agit d'oublier ce qui pendant des années.

Une Toussaint merdeuse à souhait.

L'étalage d'une épicerie de campagne floraison de corolles en plastique multicolores alternant avec les chrysanthèmes naturellement tristes madame l'épicière dès le matin recompose depuis huit jours son arrangement de la veille sur le trottoir tournant dangereux que déjà les clientes viennent pour leurs achats quotidiens un représentant en fleurs artificielles est là qui essaie de refiler sa marchandise mais il s'y est pris trop tard l'approvisionnement est fait pour cette année on lui dit d'attendre on doit servir ces dames voilà commencée cette journée de novembre matin frisquet léger brouillard vite dissipé le soleil luit mais ce n'est plus la lumière d'été il faut se faire une raison.

Donc oui le cimetière pas loin va regorger de fleurs souvenir de nos chers disparus feue madame votre mère feu monsieur votre gendre est-ce le feu de l'enfer je plaisante vous y croyez vous à la résurrection ce bobard absurde comment peut-on vous me voyez pour l'éternité revenir après ma mort avec mon gros cul est-ce qu'on a besoin de corset étant corps glorieux et avec lequel de mes deux maris drôle de problème mariage indissoluble il y en aura bien un de baisé je ne saurais pas choisir voyez-vous le premier m'a rendue heureuse heureuse.

De moins que rien sous zéro en fait.
Demander Théodore classer papiers.
Manque un raccord.

A ne plus dire un mot à ne plus faire
un geste sans m'en repentir la contrition a toujours été mon faible et fut
probablement ma perte jusqu'au jour
où toute activité cessant je veux dire
tout jusqu'au jour alors beaucoup plus
tardif il ne s'agit plus d'années mais de
Dieu sait quoi où dans la nuit je ressentis à nouveau le besoin de me mou-
voir où force me fut de constater que
je me mouvais parmi les ouvrages en
question et cette nuit compacte aujourd'hui cette nuit ce temps neuf que
je ne connais pas encore et qu'il va me
falloir à tâtons manier remanier orga-
niser à mon usage chose en soi émou-
vante n'était la fatigue non encore vain-
cue d'une épreuve comme on n'en a
jamais subi moi du moins.

Une Toussaint merdeuse à souhait.
Trois enfants j'étais jeune mon Dieu
et le second mon brave Alfred aux petits

soins jamais d'humeur toujours gai à mon service je peux dire ah oui que j'ai été gâtée si c'était à refaire je ne vois pas quoi y changer bien sûr que j'y crois c'est le catéchisme élémentaire l'essence du chrétien la vie future elle solutionne elle conditionne elle perfectionne la vie tout court et sans elle inutile d'être sur terre moi ce serait plutôt pour me représenter le paradis je vois mal les cercles superposés de ce peintre comment s'appelait-il des élus sur les nuages j'aurais peur de perdre pied ou est-ce un autre ciel solide pas celui-ci pourquoi alors l'appeler ciel.

La vie tout court.

Les contradictions sont nombreuses qu'est-ce qui prouve l'existence de Dieu j'étais bien embarrassée pour répondre à cette femme une amie de ma bru qui ne croit ni à Dieu ni à diable elle considère le suicide normal et l'anasthasie c'est faire mourir les vieillards inutiles et souffrants dans un sens oui mais tu ne tueras pas qu'en faites-vous elle considère justement que ce n'est pas tuer savoir où est la frontière c'est comme pour l'avortement quel est le moment où l'âme entre dans l'organisme car c'est l'âme uniquement l'important on dit un corps sans âme pour quelqu'un d'errant de malheureux voyez le père Magnin depuis qu'il est cocu c'est la première expression qui vient comme quoi la femme est l'âme de l'homme on aura beau dire c'est mon avis et tous les cocus et les célibataires le partagent assurément mais est-ce qu'elle n'allait pas un peu loin l'habitude d'avoir raison son mari ne la contredit jamais bonne pâte disons mou comme une chiffe à moins qu'il ne soit devenu indifférent paraît-il que depuis quelque temps avez-vous entendu dire la fille Cruchet parfaitement mais les gens sont si mauvaises langues n'empêche que ce serait assez piquant on ne pourrait pas le traiter de corps sans âme il en aurait deux.

Deux âmes pourquoi pas une douzaine.

Nombreuses contradictions.

Entrée de l'âme dans l'organisme.

Pet baladeur.

Sur ma gauche l'allée trois cent trente-trois coupée quelques mètres plus loin par la contre-allée sept cent soixante-dix-sept nombres symboliques s'il en fut mais je crois être autorisé à ne pas m'en plaindre disons à ne pas faire état d'une lucidité de mauvais aloi.

J'ai dû reprenant le récit de ma sortie me couler dans l'allée trois cent trente-trois et la suivre en zigzaguant jusqu'à son croisement avec la contre-allée pour avoir encore dans l'œil ces numéros inscrits sur des plaques de métal toutes deux à angle droit et ce malgré l'obscurité ce qui reviendrait à dire que j'ai buté à cet endroit que je m'y suis étalé et qu'à quelques centimètres de mon nez les chiffres me sont apparus grâce peut-être à un bref rayon de lune ou à une phosphorescence plus vraisemblablement provenant d'une tombe voisine à moins que mon œil ne fût lumineux comme ceux des chats je laisse en suspens la question.

C'était le tour de madame Thiéroux ou Piéroux ces dames faisaient la queue sur le trottoir par ce beau temps elle était tentée par des crevettes congelées est-ce mangeable au moins et déjà des endives comme le temps passe le raisin est le dernier de la saison il a bien augmenté mais doux comme du miel à propos elle en prenait un pot pendant qu'une dame de la ville un peu boiteuse dérangeait la queue pour choisir des chrysanthèmes pour ses morts elle revient chaque année à la Toussaint étant originaire d'ici elle a dû quitter très jeune mais se fera enterrer avec les siens très aisée à ce qu'il paraissait belle voiture conduite par son mari lequel des deux qui ouvrait le coffre pour les fleurs et quand ce fut leur tour ils en prirent quatre pots je veux bien qu'on aime ses défunts mais tout de même était-ce par ostentation elle n'a pas regimbé pour le prix tandis que la sui-

vante madame Dubard ou Buvard avait
bien de la peine à se décider elle
comptait les fleurs de chaque pot pour
en avoir pour son argent cette question
des situations différentes dans un même
bourg est assez choquante on devrait
tous avoir à peu de chose près les mêmes
possibilités il y a des écarts de fortune
considérables je ne parle pas pour cette
dame de la ville mais pour nous autres
qui sommes restés au pays qu'en pensez-
vous.

Zéro pays zéro sou zéro centime.

L'autre répondait seriez-vous devenue
communiste vous avez de ces raisonne-
ments vous si pratiquante mais il paraît
que l'Église nouvelle flirte assez avec
la gauche c'est la politisation ne m'en
parlez pas de quoi vous dégoûter de la
religion est-ce que Dieu n'a pas dit il y
aura toujours des pauvres parmi vous
alors voyez leurs théories modernes
sont hérétiques elle voulait aussi des
bonbons des friandises mais pas n'importe lesquelles réglisse ou boules de

gomme ou autres comprenez qui fassent le plus de profit pour le moindre prix car elle a une chiée de petits-enfants qui rappliquent les dimanches et fêtes disant ils me tuent vivement que je leur voie les talons mais toute la semaine se morfond en les attendant qu'est-ce qu'elle a engraissé par parenthèse c'est l'éléphantisme vous avez vu ses jambes pour pas qu'elles éclatent elle doit les bander et remuer le plus possible ce qui fait qu'on ne voit plus qu'elle sur le trottoir avec ça qu'il n'est pas large à peine peut-elle s'effacer.

Traces d'effacement.

Pour les touristes cette bouffissure dégoûtante la pauvre je serais le maire je comment voulez-vous interdire à une citoyenne de se promener vous n'y pensez pas qu'avez-vous ce matin vous ne vous ressemblez guère je sais moi encore pas dormi j'ai découvert figurez-vous une tisane miracle ça s'appelle pchlll-pchlll lui murmure le nom à l'oreille à moins que ce ne soit rapport à une quelconque misère intime perte blanche salpingite est-ce que je sais soudain se chuchotent interminablement des cochonneries aucun égard pour personne l'autre poursuivait la relation du décès de son mari force détails les glaires les pets l'âme cherche une issue l'agonie les soubresauts choisissant des carottes prenant son temps eh oui ma pauvre ces femelles increvables carcasses bâties pour perpétuer la race des maladies tracasseries chuchoteries cochonneries liturgies posologies nécrologies tiens mademoiselle Passetant la jolie robe comment va votre pauvre papa.

Mais aussi les enfants qui se faufilent vers les chewing-gums l'épicière se fâche puis voit dehors dans une poussette un adorable bout de chou c'est à vous cette poulette attention tournant dangereux conduisent comme des pieds le dimanche à moitié saouls toute la nichée dans la Peugeot s'en vont voir la cousine la mémé la tata le tonton merde qu'on en soit encore là de nos jours avouez la

18

famille ils adorent ça toute la vie se far-
cir les cousins les visites les dimanches
mêmes propos d'un bout à l'autre d'un
bord à l'autre d'une bouche à l'autre
déconnateurs lâchés à toute pompe
retenez-moi merci quand je commence
oui c'est la vie je pensais ce matin en
mettant mes chaussettes on n'a jamais
su si le bonheur valait quelque chose
aux gens chut j'entends quelqu'un c'était
l'ivrognesse qui rapplique dissimulant
sous son manteau un litron vide l'épicière prend la bouteille et lui en passe
une autre vous paierez la prochaine fois
certaines l'appellent encore la poule à
Chenu ou Chevu pour bien marquer le
coup ce collage antédiluvien les femmes
sont charognes je ne suis pas mauvaise
mais des fois tenez je leur souhaiterais de
tomber dans la merde comme cette
malheureuse à propos l'Adèle aussi est
revenue pour la Toussaint elle n'a jamais
manqué de culot notez qu'aujourd'hui
à son âge n'empêche qu'elle a été la
couche-toi-là du bourg en a-t-elle eu des

gars qu'elle suivait jusqu'à Paris pour revenir et ainsi de suite pendant des années elle a fini par se marier oui elle que vous voyez là c'te pauv'vieille je vous dis il lui reste un je ne sais quoi dans le regard avez-vous remarqué la façon dont elle pose les yeux sur les hommes tenez celui-là regardez pchlll-pchlll drôle non moi ça m'amuse.

Vague relent de symbole mais qu'importe.

Deux ou trois mots.

L'âme cherchait une issue.

Manque un raccord.

Ces âmes baladeuses par douzaines ou centaines on entend mal.

Les ménagères sur le trottoir les déconnateurs à toute pompe.

De ma défunte lui de la sienne je l'ai tout de suite jugée bonne ménagère savez-vous comment juger une femme sur laquelle vous avez des vues donnez-lui à manger du fromage si elle enlève la croûte elle est dépensière si elle la mange elle est avare mais si elle la gratte elle sera une bonne épouse oui ces choses-là et la suite pardon d'y revenir c'est à devenir fou c'est à devenir mort répéter je suis mort.

Émerger de moins que rien.

Traces d'effacement.

Puis mon trajet dans la contre-allée sept cent soixante-dix-sept pas moins difficile pas moins lent zigzaguant et semé d'obstacles qui n'étaient autres que les monuments funéraires bouts de pelouse terre remuée arbustes pots de fleurs botaniques plastiques céramiques qui n'étaient autres que les monuments de mouise et de mélasse qu'accumule le malheur dans une tête faiblarde à un tournant comme on dit de la vie l'âge venant et la régression du désir battu par l'orage des grands mythes oubliés le mal reprend soudain toute sa force et vous laisse sans défense dans la gueule de l'ogresse l'humanité triomphante mère Ubu de cauchemar.

Papiers.

Reprendre du poil de la nuit.

Beaucoup de distance beaucoup de hauteur.

Les fossoyeurs venaient faire place nette débarrasser de leurs ossements les anciennes tombes concessions révolues ils crachaient dans leurs mains creusaient et trouvaient des restants de crânes et de tibias que les enfants pauvres rassemblaient dans des cartons à chaussures pour aller les décrasser au ruisseau et les revendre deux sous aux carabins de la ville.

On découvre un os de lapin dans une sépulture.

Ressurgir les vieux mythes hannetons du désespoir.

J'ai bien connu votre mère dit-elle mais elle se trompait de génération tous les calculs étaient à recommencer branche latérale issue de issue de issue de deuxième troisième quatrième ennième tout cela ressassé remâché tiraillé bringuebalé d'un âge à l'autre puis oublié pour laisser place.

Des papiers des cauchemars.

Dans cette nuit molle écœurante une décision me sembla prise mais par qui de me voir élire domicile dans un caveau abandonné sa grille ouverte et la dalle encore à peu près stable j'ai posé mon postérieur sur le petit autel verdâtre et j'ai dit c'est là que je vais retrouver mes esprits il y avait par terre oubliés par un jardinier peut-être une ardoise et un morceau de craie qui me permettraient de prendre des notes mais dans le temps neuf que j'ai dit autre que coupé fragmentaire et furtif qui vient cette nuit même de remplacer l'autre comme une grosse fleur épanouie au lieu de pâquerettes attendues prémonitoire peut-être d'éternité à quoi ressemble-t-elle.

Installé dans ce caveau avec mon ardoise à portée de main il y fait doux et humide je n'en sors que la nuit.

Vous y croyez vous à ce bobard absurde.

Puis oublié pour laisser place à l'extérieur disons fenêtre ouverte sur le monde comme ils disent mais l'illusion était de taille un paysage imaginaire s'imposait et s'étrécissait d'un discours à l'autre pas plus ouvert pas moins secret que cette chambre close aux regards c'est d'ici que partait et repartait jamais commencée jamais finie écoutez oui l'histoire était-ce d'un père ou d'un fils écoutez long discours où alternaient les paroles d'un père celles d'un fils brouillées interceptées ou mêlées ici avant même que ce lieu ne fût découvert ce lieu dès le début du murmure chuchotement illocalisable voix de partout alors puis ici définitif ceux qui l'avaient élu y demeurent indemnes continuaient d'y discourir quelques mots échangés entre eux tout ce temps les mêmes trame unique de leurs vies la Parque bredouillante filait des jours mornes ou heureux selon qu'un mot ici ou là fût dit ou non lexique ou grammaire de l'être à la page tant saison d'aimer à telle autre de céder sa place un mot pour un autre les ferait durer éternellement.

Cette chambre close aux regards.
La vie future elle conditionne elle contorsionne elle confusionne la vie tout court.

Pendant que l'autre remontait dans sa chambre et se replongeait dans la lecture de vieux papiers vieux journaux vieux dossiers prenant des notes chronique mortuaire à l'honneur la liste des défunts s'allonge.

S'ensuit dans la feuille régionale quantité d'hypothèses dont celle de la mort du de cujus suite de l'étouffement provoqué par l'os en question celle relative aux pratiques de sorcellerie et aux superstitions de l'époque qui auraient prêté certain pouvoir à l'os de lapin celle relative aux sentiments d'attachement du mort pour le rongeur enterré avec lui à l'exemple de coutumes païennes celle relative à un lapin de garenne ayant creusé sa galerie jusqu'à ladite tombe où il aurait crevé d'épuisement ou de myxomatose.

Pendant que l'autre s'éloigne por-

tant au bout d'une ficelle un paquet qui
contient ses ossements il lit tout en
marchant une notice sur l'entretien
des cuirs ou cuivres on lit mal parvient
à un puits asséché s'assoit sur la margelle et déballe ses os qu'il se met à
sucer contre la soif qui le tenaille.

Attendre dans ce caveau les manifes-
tations d'une vie nouvelle ne pas dédai-
gner les petites consolations de l'ancienne on ne sait jamais les rejeter
serait du dernier déplacé puisque en
effet des réminiscences me sollicitent.

Un observateur probable las des
probabilités perché sur un arbre voit
ce que de mon asile je ne peux distinguer des choses se passent en dehors de
mon objectif l'ardoise les enregistre par
un phénomène qui n'est plus de mon
ressort.

L'ardoise en revenir toujours là.

Cette voix sur l'ardoise qui s'efface.

La Parque bredouillante.

Je sais ainsi qu'une action se déroule
dans le cimetière réglée comme un bal-

let ou un drame par un manitou invisible des personnages se déplacent j'entends donner des ordres entendre est beaucoup dire ordres aussi murmures ressentis comme vibrations sous la peau qui coïncident avec tels mouvements des corps faut-il dire ombres dans cette nuit répandue tache d'huile l'œil s'y fait doucement.

Une limace grise rampe sur la dalle et disparaît dans un trou.

Son trajet souterrain.

Irruption des limaces-hyènes en route vers le fond des tombeaux qui remontent gorgées et baveuses à la surface l'aube venue puis s'en vont sur les salades d'un clos voisin.

Illocalisable.

Ou s'approcher du puits écouter quelque bruit venant du fond un murmure un chuchotement s'approcher se pencher mains agrippées à la margelle murmure pas plus distinct viendrait du puits et du pré alentour du bois d'ormeaux mais audible là seulement ce point déterminé par le croisement d'une droite prenant du bois et filant en direction du bourg et d'une autre allant de l'angle d'un bâtiment de ferme à la forêt intersection le puits.

Perdu la clef du la clef de perdu à cet endroit telle chose souvenez-vous accident souvenez-vous répétant plus distinctement la clef effort vers effort tension il le faut c'était c'était là longtemps écoutez ici il y a longtemps telle chose ou non serment ou prière ou discours oui long discours souvenez-vous l'oubli ou la perte de quoi le jugement perdu le jugement une histoire de quoi écoutez se pencher non il ne parle pas le puits ne parle pas mais ce lieu précis intersection ici même se fixer ici n'en plus démordre ne plus quitter ce lieu-ci au-delà il n'y a rien c'est d'ici que partait et repartait jamais commencée jamais finie.

Répéter je suis mort.

Reprendre du poil de la nuit.

Cette chambre close aux regards.

Il arrive que l'observateur ne voie rien mais que l'ardoise enregistre toujours.

L'autel-banquette qui me gèle le derrière à ma gauche un vase de fonte et un petit candélabre de fer à ma droite un crucifix d'antimoine et un reste moisi d'image pieuse.

Ces limaces après tout sont celles des caves et des souterrains tâcher de n'y plus penser ou de les voir même comme créatures comestibles.

Sur l'ardoise à tout propos survie éternité lumière mentions barrées puis effacées mais elles reviennent.

Apaisement de n'être plus seul maître de son texte.

Divertissement absurde d'établir où les élucubrations présentes sont en définitive consignées les petits jeux de mandarin doivent maintenant me faire sourire quelque part pour les âmes simples seront tracées mes simples hantises.

Tout redire sous peine de n'avoir rien dit.

Remontait dans sa chambre et se replongeait dans son travail quoi au juste rédaction mémoire ou journal bourré de références réflexions mauvais souvenirs.

L'âme ce pet baladeur.

Ou une autre chambre il y en eut plusieurs fondues ou cristallisées en la dernière certains éléments pourtant inassimilables recomposent d'eux-mêmes un lieu différent qui fait rêver le temps d'une phrase à transcrire.

Le calme rétabli faire le bilan des situations invivables où se débattait celui qui en espérait le salut.

Un personnage du drame monologue inlassablement en vain je tends l'oreille il doit se trouver avec la troupe non loin de la contre-allée dans l'espace où des tombes parentes forment un îlot de souffrance.

Le plafond du caveau qui devait être de pierres assemblées en forme de voûte a dû se détériorer remplacé qu'il est par des briques plates grand format jointes au ciment non revêtues de mortier.

Ce pensum fatigue invincible.

Se demander dans quel tréfonds minable et nauséeux survivent les germes du devoir celui de poursuivre l'inventaire de ce qui s'offre aux sens et surgit du souvenir dénommer ça imagination serait insulter à la poésie.

Ma sortie dans la nuit mais quelle nuit pas la grande son nom imprononçable lointaine référence des états nocturnes pour histrion en mal de vague à l'âme profonde nuit indiscernable de l'être et de l'amour ma sortie serait de théâtre fausse sortie m'en accommoder faire appel aux signes qui la rendent acceptable il y a tout de même ouverture sur quelque chose on ne se trompe pas impunément or le pensum s'est imposé dès l'abord fonder sur le châtiment seule chance de salut.

Quant à ces personnes ou bruissements illocalisables voix de partout d'avant de cette nuit d'après distinction inutile m'en voici effacement porte-parole effacement récrire le mot ignorant ce qu'il signifie pour ces autres dont ma solitude se repaît.

Cette voix sur l'ardoise qui s'efface.

Les sentiers d'autrefois remontent aux mêmes points difficulté à taire remémoration d'instants privilégiés où tout semblait possible sans le secours d'aucune présence mais le mythe reprend pied les mots ne suffisent plus à déconcerter la logique les bouches qui les prononcent retrouvent un visage on retombe dans l'affabulation primitive ce conte pour nourrissons indécrottables.

D'autres images ad libitum trouvées dans les papiers du maître le cimetière abandonné il n'est plus qu'une jungle où l'on se fraie un chemin à coups de machette épais rideau de lianes fourrés inextricables peuplés de serpents et de rapaces.

S'enfoncent dans la jungle et perdent la direction la nuit les surprend ils bivouaquent sur place ils organisent un repas un animal écorché rôtit à la broche certains de ces infortunés crient vengeance en levant le poing on entend en sourdine une marche militaire brouillée par des parasites de radio et par le vrombissement de moustiques énormes.

La chasse aux moustiques puis le repas autour du feu on tiraille chacun de son côté sur le rôt des contestations s'élèvent or il y avait des enfants avec eux qu'on avait laissés s'égailler parmi les fleurs soudain hurlements d'une mère qui voit son petit enlevé par un rapace d'autres enlèvements s'ensuivent et d'autres hurlements.

Manque un raccord.

Calme peu à peu les mères éplorées on les voit la bouche pleine qui réclament encore du gigot.

Cantique off des vautours gorgés sur les cimes.

Désert de pierres sous un soleil torride.

Puis le cimetière est juché en bloc sur le sommet d'une montagne équilibre instable des courants d'air le font pencher à droite et à gauche avant de le précipiter dans le gouffre.

Traces d'effacement.

S'approcher du puits écouter.

Un petit matin froid d'octobre plein d'ennui dans ma tombe sommeil disparu depuis des heures mon chapelet entre les doigts ne suffisant plus à me distraire voilà-t-il pas qu'une décision est encore prise de me faire sortir la grille est franchie aussitôt j'hésite à me relancer dans la contre-allée douleurs dans les genoux jambes en coton je m'assois sur la sépulture voisine où je distingue le jour venant gravé en caractères nobles le nom du défunt Alexandre Mortin.

Petite pensée pour l'inconnu réflexions molles sur la vanité des inscriptions belles-lettres et consorts j'allais reprendre mon chapelet par indolence quand au croisement assez loin de la contre-allée et de l'allée neuf cent quatre-vingt-dix-neuf je crois distinguer quelqu'un suffit d'attendre et ce n'est pas en vain le personnage se dessine c'est un jeune homme qui porte un pot de chrysanthèmes chance inespérée le jour des morts approche ce garçon vient fleurir une tombe avant la cohue de novembre.

Il avait le teint pâle d'un aristocrate bourrelé de remords particularité qui ne court pas les rues mon horreur du vulgaire s'en trouvait épargnée la chance m'avait souri n'importe qui aurait pu s'approcher avec des chrysanthèmes je lui dis jeune homme ne raisonnons pas asseyez-vous là et comme au disparu que vous alliez fleurir parlez-moi à cœur ouvert c'est si facile au petit matin et dans ces circonstances je suis tout indulgence pitié et ramollissement désirables.

Avec simplicité il le pose sur la dalle ainsi que ses fleurs commémoratives demeurant gêné et muet pour sans doute paraître vouloir en dire plus long sub-

terfuge moins rare que son air aris-
tocratique j'articule des mots vagues
sur le temps frisquet l'heure matinale
comment se faisait-il que le cimetière
eût déjà ouvert ses portes il me répond
que le gardien est décédé cette nuit ce
qui a mis l'administration en émoi et
venu lui-même très tôt attendre l'ouverture il a bénéficié de ce désordre
momentané se lever matin ne lui est
d'aucune difficulté car il a perdu le
sommeil.

Une tisane miracle ça s'appelle
pchlllpchlll.

Ce conte pour nourrissons indécrottables.

Filaient des jours mornes ou heureux.

Moi de ma défunte lui de la sienne
bien vieux tout ça bons ou mauvais
moments jadis sont doux compagnons
l'âge venu nouvelle contradiction ne
nous en plaignons pas mais à propos de
cimetière où donc se trouve votre caveau
n'était-ce pas après la fontaine depuis
le temps je n'y remets plus les pieds il

sera toujours assez tôt quant à sa pauvre femme il l'avait rencontrée figurez-vous au cimetière ou est-ce que je confonds plutôt macabre non séduit qu'il avait été par elle qui fleurissait la tombe de ses parents un air de piété sincère une tenue modeste et le petit pot de chrysanthèmes à cinq francs de ce temps c'était correct approuvez-vous les dépenses inutiles je l'ai tout de suite jugée bonne ménagère savez-vous comment juger une femme sur laquelle.

Répéter je suis mort nulle part je ne me tairai pas quoi qu'il advienne mais quel froid.

Le temps d'une phrase à transcrire.

Silence qu'on redoute de ne pas.

Bilan des situations invivables.

L'enterrement eut lieu dans sa province d'origine le faire-part mentionnait mort après une longue maladie vaillamment supportée il repose à côté.

Manque un raccord.

La tombe voisine serait celle d'un

neveu jamais fleurie la famille habite aux antipodes.

Que fait-il de ses journées.

Et son filleul n'est-ce pas une manière de séquestration la mère se plaint de n'avoir jamais son petit à elle mais vous savez ce que c'est le vieux fait miroiter son héritage et elle accepte les conditions du chantage ni plus ni moins car en effet Théodore ne décolle plus de chez son oncle le vieux s'attache à cet enfant gâté comme tout il est son filleul le patron avait proposé en tant que parrain de l'appeler Théodore sa sœur n'en voulait pas d'abord de ce prénom un peu tarte mais comme ça veut dire don de Dieu elle a fini par accepter très croyante.

Devant la porte de la cuisine essoufflé n'ayant pas pris la peine de dire bonjour où est le patron dit Louis la bonne choquée par ce ton cavalier se retourne voyons qu'est-ce qu'il y a entrez et fermez la porte elle était ouverte dit Louis le gamin ne l'a pas refermée dit la bonne elle remuait une sauce les courants d'air mes rhumatismes qu'est-ce qui vous amène Monsieur n'est pas encore descendu je ne le dérange jamais avant midi alors j'attendrai dit l'autre pas loin de midi non le réveil marque moins dix mais il avance moins le quart dit-elle allez l'attendre au salon il y a des magazines mais ne fumez pas votre sale pipe goûtant sa sauce ressalant un brin où ai-je mis le poivre passez-le-moi là sur l'étagère non là près de la boîte à thé il prend le poivre et le lui tend puis il va au salon presque contigu un petit hall d'abord d'où part l'escalier du premier puis côte à côte la salle à manger et le salon.

J'étais en train de terminer ma toilette quand j'entends Louis questionner la bonne elle l'a fait attendre le gamin n'avait pas fermé la porte il a filé avec les magazines dit-elle mais pour quelques minutes vous vous en passerez quinze maximum il les avait emportés dans son domaine la grange où il s'est aménagé un coin entre la charrette et le dépôt de matériel il a dû entendre Louis arriver avec sa voiture mais sa petite radio qu'il fait marcher sans arrêt a certainement couvert tout bruit de conversation.

Ou se remémorant des années plus tard qu'il ne devait pas être présent lorsque Louis avait annoncé la nouvelle à la bonne car il aurait agi immédiatement avait appris la chose bien après quand il était trop tard.

Mais la bonne à midi passé n'entendant pas descendre le patron est allée au salon où Louis s'était assoupi il passe ses nuits à l'entrepôt pendant les vendanges toujours à faire il est payé pour elle l'a réveillé en criant debout là-dedans imitant de sa voix de stentor celle d'un adjudant de caserne l'autre a sursauté alors du premier est arrivée la voix du vieux demandant qu'est-ce qu'il y a qu'avez-vous.

Voix de partout.

Ce pensum fatigue invincible.

L'ardoise en revenir toujours là.

Ils ont éclaté de rire elle est retournée à sa cuisine en criant rien rien descendez on vous demande il est descendu quelques minutes après en bougonnant est allé au salon où Louis l'a salué tout en le priant de fermer la porte l'autre aurait bien voulu entendre leur conversation.

Octobre pleines vendanges des ciels superbes couchers de soleil pourpres et roses bleus verts mauves cendrés opalins matins brumeux sinon de brouillard le soleil perce vers midi parfois une averse subite mais la saison était belle presque encore l'été point de feuilles jaunes aux arbres et cette température à peine s'ils allumaient le poêle un jour sur deux mais rien ne dure ce serait l'hiver sous peu ils avaient fait leur provision de combustible le bois est hors de prix mais Monsieur y tient sa cheminée une dépense que je n'approuve pas quand on voit la misère de par le monde je n'ai pas été élevée comme ça.

Ou dire à l'épicière la vinerie a du

personnel malade ils ne font plus le détail pendant un mois et prenant à propos de la grippe des nouvelles de plusieurs de ses relations qu'elle prétend n'avoir jamais le temps de voir pour glisser sur sa santé à elle ses rhumatismes les courants d'air et finir par l'apothéose la nouvelle qui fera le tour du pays.

Alité depuis des années impotent richissime le vieux s'était fait escroquer des millions par un neveu indélicat fausse signature ni vu ni connu il a filé avec le magot comment le faire poursuivre l'oncle passe auprès de tous pour perdre la tête et d'ailleurs la famille n'est-ce pas sa sœur non il ne le ferait pas on ne se méfiait jamais assez qui aurait soupçonné ce neveu d'être un escroc toujours tellement correct cravate noire et pratiquant ah on a bien raison de dire.

Ou qu'on n'avait jamais su le fin mot il y avait tellement de papiers sur sa table vieux dossiers vieux journaux la relation comment ça s'appelle des faits en question aura passé inaperçue c'est le cas de le dire ou perdue jetée avec le rebut sa corbeille à papier toujours pleine tout juste si je ne devais pas la vider deux fois le jour.

Parce qu'il confondait ce qu'il disait et quand je dis disait son bafouillage avec ce qu'il lui arrive peu de chose mais assez pour tenez son entretien avec Louis par exemple je n'insiste pas vu les circonstances.

Sans égard pour personne elles seraient seules au monde pchlllpchlll ces cochonneries de bouche à oreille il en reste toujours quelque chose vous voyez un peu la scène du reste classique le vieillard sa veilleuse à côté de lui il ne dort pas trois heures du matin il entend du bruit mais pourquoi vous faire perdre votre temps avec cette histoire d'avant le déluge quel intérêt je vous le demande.

Et moi cette façon qu'il a de ne jamais finir ses phrases ça me rend folle ce n'est pas parce qu'il perd la boule que tout le monde doit en pâtir mais je vous ennuie encore une fois.

Cette coupure de la nuit des temps.

Nous y arriverons bien avec de la méthode.

Ses yeux s'embrument ne précipitons rien il portait un pantalon à la dernière mode une petite veste de toile genre américain rapiécée aux coudes par ce raffinement de coquetterie négligée des jeunes de nos jours et une écharpe de grosse laine tricotée main.

Comme il n'ouvrait plus le bec je cherche à le mettre en confiance avez-vous tué quelqu'un il fait oui de la tête ce n'est rien dis-je ça arrive à tout le monde la nature des hauts et des bas était-ce par le poison l'arme à feu la strangulation la noyade il effeuillait distraitement un chrysanthème ma question l'embarrassait eh bien parlons d'autre chose et me tournant vers l'inscription mortuaire vous connaissiez donc ce Mortin il sursaute se retourne à son tour se lève cœur battant et dit c'est lui que je viens honorer comment se fait-il qu'est-ce que.

Il demeure hébété puis me regarde de travers rassurez-vous jeune homme reprenez vos esprits rien là que de naturel ma présence vous aura distrait puis lui désignant mon sépulcre voyez plutôt où je loge vagabond sans histoire aucune duplicité parlez-moi de vous cela vous calmera.

Avec de la méthode.

J'ai bien connu Alexandre dit-il un ami généreux malheureux complexe de persécution auteur raté m'avait choisi pour confident j'ai tout appris de lui l'infortuné vacille je le retiens par la jambe rasseyez-vous ce qu'il fait et poursuit sa confession qui plus elle avance moins elle retient mon attention en bref se rendait responsable ayant un jour quitté son bienfaiteur du décès de celui-ci peu après il sanglote je cherche à le consoler attendrissements quelques mentions rayées puis effacées.

Ou ce non-lieu définitif.

Pourquoi vous faire perdre votre temps.

Je m'appelle Théodore dit-il ensuite en disposant de son mieux les chrysanthèmes sur le marbre et moi c'est Dieudonné dis-je appelez-moi Dodo si je puis faire pour vous quelque chose.

Il y avait des myosotis en bordure de la tombe ce qui me fait dire à l'esseulé rien de plus doux que le souvenir n'est-ce pas vous n'avez plus personne voici ce que je vous propose voyez au croisement de la contre-allée et de l'allée là-bas où vous m'apparûtes un caveau abandonné semblable au mien faites-en votre asile et nous correspondrons par le cœur la pensée enfin ce que vous voudrez et déjà il se dirigeait vers l'endroit indiqué avec une petite valise en cuir bouilli où il avait mis ses affaires.

Ses affaires oui cette valise quand ai-je osé lui demander ce qu'elle contenait un soir sans doute nous étions assis devant sa niche mais comme il venait de pleuvoir l'herbe était mouillée il tire de sa valise un linge qu'il étend sous nous qu'avez-vous encore de beau dans cette valise je demande ce n'est pas curiosité.

Mes affaires il répond pas grand'chose en fait de vêtements il me reste une paire de chaussettes et je ne sais plus quoi l'important sont mes papiers il me les montre rangés par petites piles je demande sont-ils classés par ordre alphabétique chronologique de quoi s'agit-il c'est passionnant redoutant qu'il me dévoile une manie de collectionneur ou Dieu sait quoi mais non c'étaient ses affaires l'ordre n'était qu'apparent tenez dit-il cette coupure par exemple relate une partie du discours d'inauguration du canal de Suez et celle-là c'est le faire-part des fiançailles d'un oncle de ma grand'mère et cette photo un petit terre-neuve de deux mois et là mes rédactions d'écolier et ainsi de suite.

Nous étions environnés de ces papiers il pouvait repleuvoir remettons-les dans la valise dis-je nous en tirerons profit tout doucement au fil des jours ça nous tiendra compagnie et puisque vous semblez doué je lui parle alors de l'ardoise restée cachée jusque-là peut-être pourrons-nous tenter ensemble des rédactions sur les sujets contenus dans votre boîte à trésors idée absurde qui compliquera les choses multipliant le nombre des irresponsables.

Il rangeait ses coupures tenues ensemble par des ficelles des élastiques des pinces à linge un long moment aucune attention à moi puis remet sa valise dans sa niche en disant oubliez ce qui vous tracasse monsieur Dodo sûrement pas du sérieux quand on vous regarde on envie votre état diaphane tout transparaît sur votre visage vous aurez beau barrer rayer effacer considérez-moi un peu comme votre ardoise je ne retiendrai de vos paroles que ce qu'il vous en plaira.

J'avais cru voir dans ses yeux l'innocence était-ce la perfidie.

Traces d'effacement.

Le temps d'une phrase à transcrire.
Mention barrée puis effacée.

L'histoire était-ce d'un père ou d'un fils paroles de l'un ou de l'autre.

Ressurgir les vieux mythes hannetons du désespoir.

Quant au gamin il continuait d'écouter sa radio dans la grange la bonne a dû l'appeler pour le déjeuner une fois deux fois elle a fini par aller le chercher allons Théo ton oncle est déjà à table et lave-toi les mains vite le gosse fermait son poste et courait d'abord à la buanderie se passer les doigts sous l'eau pour rejoindre toujours courant son oncle à la salle à manger ils ont déjeuné silencieusement à peine le patron a-t-il demandé à son neveu ce qu'il faisait de son jeudi vague réponse de Théodore qui s'escrimait à peler une poire son oncle la lui a prise des mains et l'a pelée pour lui le petit est sorti ensuite et le vieux a bu seul son café la bonne est revenue débarrasser il somnolait dans son fauteuil elle a fait un faux mouvement en prenant le plateau du café la tasse s'est brisée par terre le patron a sursauté et l'a traitée de maladroite vous ne pourrez pas prétendre que c'est le chat.

Il est sorti au jardin et s'est dirigé vers le puits quelque bruit venant du fond ce murmure illocalisable n'en plus démordre paroles brouillées ici la trame de leurs jours.

Pendant qu'elle retournait à la cuisine où l'attendait sa nièce qui avait déjeuné avec elle et lui racontait comment son père avait rencontré sa mère au cimetière ta maman fleurissait la tombe de ses parents comme chaque premier novembre elle tâchait de se recueillir mais un homme non loin la regardait subjugué il s'est approché d'elle et lui a demandé n'importe quoi où se trouvait le caveau de telle famille elle a répondu en lui désignant la direction mais le pot de chrysanthèmes qu'elle venait de déposer s'est renversé sous l'effet du vent et lui l'a redressé la conversation s'est engagée

à propos des morts tu vois le genre
c'est-il un lieu pour faire sa cour avoue
n'empêche qu'il a continué ils sont ren-
trés ensemble et ils se fiançaient deux
mois après j'aurais été ta mère j'aurais
craint le mauvais œil les amoureux du
cimetière imagine mais ils furent très
heureux comme tu sais.

Et continuait de converser la vaisselle une fois faite se plaignait de son
maître qui perdait la boule confond ce
qu'il dit et quand je dis dit à force de
rester seul tout le jour dans son bureau
ses papiers il lui faudrait de la distrac-
tion Dieu sait ce qui se passe dans son
cerveau au lieu je ne sais pas de s'aérer
de sortir un peu avec le petit.

Par exemple une promenade au cimetière pourquoi pas.

Mais Théo n'en demande pas tant
il se plaît chez l'oncle Dodo comme il
dit.

Votre boîte à trésors.

Parce que la bonne qui a toujours
joué les innocentes en saurait beaucoup

plus qu'elle ne prétend sur les occupations et les desseins de son maître elle fouillerait dans ses papiers ses lettres ses dossiers assez pour savoir qu'un mot échappé au vieux ici ou là sans rapport avec le moment en a un avec son travail ses lectures ses recherches mais ce qu'on dit est-il vrai tout ça a-t-il tellement d'importance la bonne est une femme comme les autres un peu de curiosité vaut mieux que pas du tout prouve l'intérêt qu'elle porte à son maître il peut lui en être reconnaissant.

Au retour elle s'est arrêtée au cimetière elle se recueillait sur la tombe de son défunt mari redressait le pot de chrysanthèmes renversé par le vent la tombe à côté est celle de sa fille et de son gendre et de leur cadet et de sa mère et de son père toute la smala.

Vieilles formules vieux papiers vieilles saletés vieilles chimères tout se défait.

Et ce gamin a quelque chose de pas normal une curiosité d'adulte dissimulé fureteur toujours seul en train de lire comment voulez-vous qu'il ait son âge est-ce que nous lisions comme ça souvenez-vous c'était la croix et la bannière pour nous faire mettre le nez dans un livre il file un mauvais coton du reste la bonne le dit à qui veut l'entendre qu'il a des idées saugrenues son imagination fermente il croit vivre les aventures de ses romans ils auront bien du fil à retordre.

Un corps sans âme.

Son imagination fermente.

Puis remontait dans sa chambre et se remettait au travail espèce de rédaction mémoire ou Dieu sait quoi.

Mention rayée puis effacée.

Toutes les fleurs de juin bluet coquelicot goutte-de-sang bétoine mélampyre nigelle compagnon-blanc centaurée gueule-de-chat coronille bugle herbe-saint-Jean bourrache mélilot ciguë chèvrefeuille véronique genêt iris d'eau rhinante brunelle sauge-des-prés linaire origan dauphinelle affreuse avalanche la voix se fait plus hésitante qui nous tiendra compte de cette innocence éperdue celle qui fait ressurgir les vieux mythes hannetons du désespoir.

Les lys du grand sommeil.

Abreuvoir de la nuit.

La rencontre au cimetière cette valise remplie de trésors.

Ricanement.

Un temps.

Tous regrets étouffés tâche acceptée recomposer contre l'angoisse d'où qu'elle vienne ce rêve inoublié pour finalement le laisser bien loin vieux plafond chargé d'oiseaux et de fleurs dans le goût d'autrefois et progresser vers l'inaccessible sans repères sans ratures sans notes d'aucune sorte insaisissable mais là auquel croire sous peine de ne jamais mourir.

Refaire le trajet d'une tombe à l'autre allée trois cent trente-trois contre-allée sept cent soixante-dix-sept retrouver Théodore transi le prendre contre soi le réchauffer lui redire des mots tendres ses papiers ses trésors lui redire oui refaire le trajet ce calvaire pas d'autre issue.

Teintes feu des chrysanthèmes dernière flambée avant la mauvaise saison.

Gelée blanche du matin petit soleil de novembre.

Le temps comme il passe j'avais oublié mon paletot dans mon trou Théodore m'a mis le sien sur les épaules nous avons vous en souvient-il quantité de choses à voir ensemble et rouvrait sa valise.

Sans repères sans ratures.

Multipliant le nombre des irresponsables.

Nous en tirerons profit tout doucement au fil des jours.

Quant au vieil impotent il entend du bruit dans la cuisine il dit qui est là pas de réponse il s'inquiète ne peut se lever le calme revenait quand soudain l'homme fait irruption dans la chambre prend une clef dans la table de nuit et vide le coffre de tout l'or qu'il contient puis efface les traces de son passage remet la clef en place et va couler des jours heureux aux antipodes.

Ou assassiné carrément gorge ouverte par un couteau de cuisine on le découvre trois jours après puanteur affreux désordre tout sens dessus-dessous le meurtrier c'est clair cherchait la clef du coffre maintenant béant la table de nuit est renversée il a dû tirailler pour ouvrir le tiroir qui s'est vidé dans le pot de chambre où flottent des cure-dents et des allumettes.

Qu'est-ce que vous dites son neveu un homme si distingué.

Ragots version différente à chaque fois.

La Parque bredouillante.

La liste des défunts s'allonge et les faits divers scabreux de préférence comme cette affaire d'assassinat il y a dix ans qui ressemble à s'y méprendre à celle de la semaine dernière et quand je dis dernière souvenez-vous ce vieux trouvé mort en bas de son lit le nez dans son pot de chambre un couteau de boucher planté dans le dos l'assassin était un neveu soi-disant qui a filé avec le magot aux antipodes mais la bonne qui en savait long sur les faits et gestes de son maître en rangeant les papiers du bureau malgré l'interdiction aurait vu outre les journaux des dossiers comme il y en a chez les hommes de loi tout pleins de photos horribles de personnes étranglées ou pendues ou égorgées à vous donner froid dans le dos vraiment le vieux perdait la boule pour s'intéresser à ça à son âge comme s'il n'y avait pas assez de malheur et de guerres dans le monde lui qui ne manque de rien bien servi bien logé.

Était-ce par le poison l'arme à feu la strangulation la noyade il effeuillait distraitement un chrysanthème.

Ciel bas léger crachin la nuit tombait le cimetière est à deux kilomètres il portait un imperméable marchait sans hâte pour ne pas donner l'éveil passant devant chez Magnin puis devant chez

Thiéroux et Dubard et Chenu pouvait se rendre chez son oncle malgré l'heure tardive alibi madame Dubard l'a vu elle était à sa fenêtre allait tirer les volets distinctement le vieux était-il malade.

Car pour revenir à la conversation du maître et de Louis ça ne pouvait être au sujet de l'assassinat de ce vieux puisque le patron avait prétendu être absent lorsque Louis en parlait à la bonne à moins qu'il n'ait feinté et justement l'ait entendue mais ennuyé par ce qu'il apprenait ait simulé l'ignorance oui par recoupements nous y arriverons le gamin ayant entendu la bonne en parler soit à Louis soit à sa nièce il sort au cours du déjeuner sa remarque sur les oncles à millions qui indispose le vieux mais ne le surprend nullement il pelait une poire pour son filleul et lui dit va la manger au jardin.

Certainement cette affaire préoccupait tout le monde il y avait de quoi vous dites un parent éloigné il ne le voyait qu'une fois l'an puant dans son trou et radin comme pas un il s'était plaint sa vie durant de l'indifférence de son entourage s'étonnant qu'on ne vienne pas lui rendre visite qu'on ne le gâte qu'on ne lui fasse des mamours ce vieux schnock avec ses millions personne n'en a jamais vu la couleur avouez que cela indispose certains de ses parents le haïssaient vous savez ce que sont les conversations d'adultes pendant des années entretenir des rancœurs contre quelqu'un on ne s'étonne pas que les enfants en prennent de la graine et le jour venu ne vengent d'un seul coup la famille.

Que de morts autour de nous.

L'autre disant vous n'y êtes pas cette affaire remonte au temps de l'enfance de Théo ce ne pourrait être qu'un autre neveu la mère n'avait pas qu'un fils quant aux papiers retrouvés dans ses papiers pas l'ombre d'un doute qu'ils étaient relatifs à des assassinats de vieux hommes et que d'après sa bonne il compulsait des dossiers d'affaires pénales que lui passait un neveu avec plans d'appartements dépositions de témoins interrogatoires de prévenus empruntés au greffe de la cour où son père est juge donc le beau-frère au patron elle le connaissait bien ou les connaissait bien on perdait le fil dans ce boucan.

Une dame qui connaissait une dame qui avait vu de ses yeux à trois heures du matin le type en question ou était-ce madame Buvard elle était jeune à l'époque revenait d'un bal avec son futur l'homme avait bifurqué à l'angle de la rue près de la boîte aux lettres pour se mettre à courir dans la direction du carrefour vous voulez dire du cimetière elle a tout de suite pensé que c'était louche son fiancé est allé voir dans l'immeuble la minuterie était encore allumée il est monté jusqu'au quatrième et c'est là qu'il a vu.

Un manitou invisible.

La porte palière était entr'ouverte il

est redescendu et il m'a dit vaut mieux aller prévenir la police il y a un vieux qui habite au quatrième sûrement qu'il s'est fait dévaliser à cette heure-ci l'homme de garde dormait nous l'avons réveillé il nous a demandé nos noms adresses professions tout juste s'il nous a laissés repartir mon fiancé disait c'est bien la peine avec ces cons-là de faire preuve de civisme je t'interdis de leur répondre sans moi s'ils viennent t'interroger.

Ils sont venus Jean-Pierre était encore au travail j'ai dit que je l'attendais ils étaient deux après dix minutes il est arrivé nous avons tout raconté de nouveau ils nous ont dit pourriez-vous reconnaître l'assassin mais à cette distance impossible n'empêche que nous avons été convoqués chez le juge mon Dieu quand ces types sont arrivés je n'avais qu'une peur avoir des ennuis rapport à mon âge je n'avais que dix-sept ans et j'habitais avec Jean-Pierre au poste j'avais donné son adresse mes parents

61

me disaient qu'ils préviendraient la police mais les gendarmes ne m'ont rien dit.

Elle n'a pas fini son histoire l'autre dame était pressée devant aller en ville pour ses commissions cette affaire nous a bouleversés il avait quatre-vingt-quinze ans bon pied bon œil il sortait encore le jeudi avec son arrière-petit-neveu un jeune homme d'une distinction non il n'était pas aimé mais certains continuaient à lui rendre visite espérant un cadeau il n'a jamais rien donné à personne à l'ouverture du testament tout le monde était baisé il était déposé depuis quarante ans chez le notaire et on a retrouvé une affaire presque semblable dans les papiers avec une photo de l'assassiné à plat ventre sur sa descente de lit sa chemise retroussée laisse voir son derrière et la figure de l'assassin de face et de profil on peut dire qu'ils se ressemblent tous dans la lumière aveuglante même air de brute imbécile à moins que tous les hommes n'aient cet air-là avec un peu de recul de même toutes les femmes et toutes les fiancées à un détail du costume près voyez ces cartes postales de naguère sauriez-vous reconnaître telle élégante de telle autre elles ont le même air désuet qu'auront nos épouses dans l'album de famille et les cover-girls comme ils disent dans les archives des journaux illustrés pour celles-là ce ne sont en tout cas pas leurs nichons qui les caractérisent ne trouvez-vous pas ça dégoûtant.

Remontait dans sa chambre et replongeait dans ses notes ses papiers.

Détresse menaçante.

Tout redire sous peine de n'avoir rien dit.

Dossiers d'affaires pénales avec plans d'appartements dépositions de témoins interrogatoires de prévenus.

A la page tant il tourne à droite en face de la boîte aux lettres c'est la rue principale il y a d'abord le café fermé à ces heures l'ampoule de la rue éclaire le juke-box et la pendule qui marque trois heures puis l'entrée d'un second immeuble où il pénètre il allume son briquet et se met à monter chaussé d'espadrilles arrivé au quatrième il prend une clef dans sa poche et l'introduit dans la serrure la porte s'ouvre sans aucun bruit il pénètre dans l'appartement son briquet lui brûle les doigts il l'éteint il attend quelques secondes puis il se faufile dans le couloir il parvient au bout de l'appartement il écoute il tourne doucement le bouton d'une porte elle s'ouvre.

Qui est là.

J'ai entendu quelque chose cœur battant j'allume.

Il y a dans la chambre une lumière rose une petite lampe allumée sur la table de nuit il voit le vieillard qui dort il est pâle sa respiration fait un petit bruit l'air expiré gonfle un peu les joues il s'approche du lit il y a un fauteuil et un guéridon où sont posés un pot de tisane et une tasse la robe de chambre sur le fauteuil traîne par terre il se prend le pied dedans perd l'équilibre renverse le guéridon.

Qui est là.

Le vieux pousse un petit cri l'autre lui saute dessus et le bâillonne avec un foulard puis le ligote dans son lit.

Son nom chuchoté il hurle il se réveille en sueur dans cette chambre où tout recommence.

Il sort un coutelas de sa poche puis avance vers la porte il entend du bruit dans le couloir.

Vous ne pourrez pas prétendre que c'est le chat.

Il est sorti dans la cour Théo passait emportant les magazines la bonne a crié on vous demande au salon.

Il s'est réveillé en sursaut il a entendu du bruit dans le couloir ce murmure il a mis sa robe de chambre une lumière rose baignait la pièce il a vu Théodore en train de fouiller le coffre il a crié qui est là l'autre s'est retourné et le menaçait de son couteau puis le vieux s'est abattu sur la carpette.

Action réglée par un manitou invisible.

Se demandant dans la splendeur nocturne décembre miroir de constellations pour quel profit cette lecture absurde mais les questions ne sont plus de mise il reprenait le dossier ne trouvant pas le sommeil.

Reprendre du poil de la nuit.

Enfin dernière hypothèse il pénètre dans l'appartement et dit d'une voix forte c'est moi mon oncle et se dirige vers le fond du couloir il frappe à la porte de la chambre il entre et salue l'alité comment vous sentez-vous l'autre répond patraque veux-tu me préparer une tisane la bonne n'a pas eu le temps avant de partir le neveu va faire le nécessaire à la cuisine puis revenant dans la chambre il verse la tisane en disant je suis en difficulté prêtez-moi de l'argent le vieux refuse et c'est le drame.

Immédiatement on soupçonne la bonne on la cherche on la trouve chez sa nièce.

Il refermait le dossier refaisait le trajet de la cour au puits du puits au carrefour et au cimetière où on le perd de vue.

Madame Dubard ou Buvard affirmait l'avoir vu passer à cette heure-là.

Nous y arriverons bien avec de la méthode.

Coupez.

Il s'engage à pas de loup dans l'allée sud laquelle aboutit à la demeure après tout un détour par le bois deux kilomètres au bas mot l'étang se trouve de ce côté-ci une immense étendue que l'on distingue à peine derrière les roseaux l'allée nord le longe d'abord de l'autre côté puis l'enjambe par un pont de construction ancienne pour parvenir au cimetière en moins d'un kilomètre.

Le bois qui s'étend au sud est très humide prêles et fougères peupliers chênes en terrain plus sec du côté ouest mais l'allée ne s'y engage pas elle continue sa grande courbe à travers le terrain fongueux qu'elle surplombe d'un bon mètre construite comme une digue.

Il y a tous les cinquante mètres environ une espèce de borne à droite et à gauche soit un reste d'élément décoratif soit le support d'une clôture disparue chaîne ou barrière l'extrême bord de l'allée étant formé de dalles glissantes.

En bout de course on accède à la terrasse par un second pont de pierre plus court que l'autre formé de deux arches datant à première vue du règne d'Henri Quatre mais sûrement construites sur les restes de piliers gothiques dont on voit émerger la base en forme de proue.

La demeure s'élève sur une plate-forme rocheuse aménagée de ce côté-ci soit l'ouest en terrasse à balustres large d'une vingtaine de mètres et longue de soixante qui se prolonge de part et d'autre de l'édifice par deux étroits terre-pleins de construction récente lesquels donnent accès à la terrasse est non encore restaurée elle s'étageait sur trois plans dont ne restent que les assises toute décoration escaliers et fontaines ayant été détruits pendant la

guerre au-delà commencent les maré-
cages terrains autrefois cultivés la ri-
vière qui n'est pas canalisée déborde
régulièrement donnant au paysage jusqu'à la forêt qui barre l'horizon son
aspect romantique.

Parvenait au cimetière et restait dissimulé derrière le mur d'enceinte jusqu'à la tombée de la nuit.

Pendant que le maître descendant
les degrés de la terrasse prenait l'allée
nord pour s'engager peu après s'étant
assuré que personne ne pouvait le voir
dans un sentier qui traverse la lande et
aboutit au caveau de famille.

Un étroit sentier.

C'était maintenant la mauvaise saison le pays inondé par des pluies inces-
santes la boue rend tous les chemins
impraticables il s'enfermait dans la
bibliothèque et n'en sortait qu'à l'heure
des repas.

A la page tant la bonne dans sa cuisine expliquait à sa nièce.

Ou qu'on n'avait nullement retrouvé

la bonne chez sa nièce c'était une fable
accréditée par certains vous voyez pourquoi mais bel et bien dans sa chambre
et dormant à poings fermés elle n'avait
rien entendu étant logée sous les combles
à l'étage des domestiques ce qui impli-
quait que le pot aux roses avait été
découvert dans la nuit même immédiatement après la fuite du voleur le vieillard ayant réussi à se débarrasser de son
bâillon et s'étant mis à ameuter l'immeuble.

Une autre chambre il y en eut plusieurs.

Ou peut-être avait-il simplement
téléphoné à ses voisins.

Ou peut-être ceux-ci en rentrant chez
eux à une heure tardive avaient-ils vu
sa porte ouverte étaient entrés chez
lui.

Mais madame Dubard prétendait
que tout cela était une fable accréditée
par certains elle avait vu de ses yeux
le vieillard mettre du désordre dans
sa chambre renverser les chaises ouvrir

et vider les tiroirs par terre bref elle s'était demandé s'il ne perdait pas la boule puis avait appris par sa nièce que du temps où il ne vivait pas seul il avait eu une crise cyclothermique comme on dit car elle habite l'immeuble d'en face sa fenêtre donne pratiquement dans la chambre du vioque qui ne tire jamais ses rideaux ni de jour ni de nuit le neveu vous le confirmera.

Parce qu'en effet Théodore vivait avec lui autrefois presque une séquestration par chantage auprès de la mère qui n'avait pas le rond le vieux faisait miroiter son héritage en échange de l'installation chez lui du petit qui avait bien dû s'y faire car comment prétendre qu'il avait de l'affection pour son oncle il faudrait être détraqué il était resté pendant bien quatre ou cinq ans après quoi la mère ayant appris que son frère la faisait marcher il n'avait plus rien de sa fortune d'autrefois a repris son fils qui n'a pas remis les pieds chez son parrain.

Quant à la demeure très détériorée il n'en reste d'habitable que le corps de style Louis Treize à façade sans grâce à fenêtres trop hautes et à toiture d'ardoise deux ailes ou décrochements de part et d'autre seraient en voie de réfection dont celui de droite habillait les reliefs d'un couvent médiéval aux caves celliers et couloirs souterrains creusés dans le roc qui subsistent sous la construction.

Du côté nord le petit terre-plein est relié par une passerelle de bois à un îlot où.

Ses beaux petits yeux se fermaient sa tête retombait quelle idée de donner à un enfant une lecture aussi insipide le vieux sonnait la bonne qui emportait Théo pour le coucher.

Dossiers avec plans d'habitations et de jardins.

Ou cette lettre adressée on ne sait plus à qui dont on trouve des brouillons disséminés partout.

Il suivait le sentier du bord de l'eau

qui était entretenu à l'époque c'est-
à-dire que le fermier avait pour tâche de
couper les roseaux envahissants et de
combler de pierres les trous creusés par
la mauvaise saison.

Il y a s'ébattant sur l'étang une quantité de poules d'eau et de sarcelles.

Sur la gauche du sentier passé le bois
quelques champs de maïs puis le terrain
s'appauvrit et la lande commence pour
s'étendre sur une dizaine de kilomètres.

Il parvient à la passerelle il semble
hésiter regarde sa montre puis va dans
la direction.

Il est trois heures du matin un dîner
a eu lieu la veille on a vu dès huit heures
arriver des voitures elles ont pris l'allée
nord que vous connaissez elles ont tra-
versé le grand pont seul carrossable et
se sont garées sur la terrasse où un
jeune domestique enfin nous avons pensé
que c'était un domestique leur indiquait
la manœuvre à exécuter il faisait encore
clair mais la nuit est tombée peu après.

Il suivait le sentier du bord de l'eau

un matin des nénuphars fleurissaient sur l'étang on entendait au loin un ronflement de tracteur le maïs était déjà haut quand il s'arrêta et sortit de sa poche une lettre qu'il lut puis remit précipitamment dans sa veste car quelqu'un venait en sens contraire c'était le fermier on ne peut se soustraire à la corvée de lui parler du temps et des récoltes mais l'autre avait l'air soupçonneux répondait évasivement.

Une histoire à dormir debout relative à la succession de Monsieur il n'y a pas d'héritier va falloir que je déguerpisse avec ma famille il répondit qu'il ne fallait pas s'alarmer rien de plus sujet à caution que les bruits qui courent patience avant tout patience.

Et que d'autres qui tuaient le temps au bistro en avaient parlé aussi après que Magnin ou chose comment s'appelle-t-il eut aperçu le type qui traversait la rue il était placé devant la petite fenêtre justement.

Quand on entre au café on a le comptoir sur la gauche un vieux meuble en bois marbre et zinc de dimension importante on peut s'y tenir huit de front il n'est pas immédiatement dans l'angle mais à un mètre cinquante environ ce qui réserve là un petit coin tranquille où stationnent deux ou trois vieux dont le fameux Magnin devant leur Ricard ou leur blanc sec sous le calendrier Byrrh qui représente une dame à grand chapeau mil neuf cent trente il y a une plante verte à ce bout du comptoir qui gêne le service depuis toujours.

De ce coin du café on observe parfaitement ce qui se passe dans la rue.

Juste en face de l'autre côté de la chaussée se trouve un marchand de couleurs sa boutique peinte en bleu à gauche une boulangerie à droite la blanchisserie le jour du cambriolage quelqu'un s'est souvenu d'avoir vu passer vers les trois heures un type en imperméable qui avait un drôle d'air il y eut bien des suppositions parmi les habitués à ce sujet le vieux était mort de saisissement disait-on mais il n'était pas du tout cardiaque d'après Louis le serveur.

Il ne serait pas retourné au café après sa visite au patron c'était son jour de sortie mais aurait fait une virée du côté des étangs.

Disant que les frères Mortin on les connaît dans le pays ce sont des gens comme il faut la mère était une Levert de Rottard les fils ont grandi dans une bonne atmosphère de famille mais ils n'ont pas tellement réussi ils devaient avoir un poil dans la main bien souvent l'éducation a cet effet le cadet c'est Alexandre il se disait poète c'était gentil à vingt ans publiait des élégies et des rondeaux dans le numéro du jeudi du Fantoniard mais à trente c'était déjà moins frais et à quarante il agaçait le public sa poésie ne le faisait pas vivre comme bien vous pensez c'étaient les parents qui casquaient et quand ils n'ont plus été de ce monde Alexandre a vécu dans la dèche grappillant ici et là des petits travaux littéraires comme on dit

76

sans ambition sans caractère sans vergogne il est navrant de voir finir de la sorte un homme de cette condition si tous les bourgeois donnaient cet exemple il peut s'estimer heureux à cinquante berges d'avoir son frère à la retraite qui le nourrit blanchit ce brave Alfred en voilà un qui vaut son pesant c'est lui qui ressemble le plus à leur oncle il était toujours fourré chez lui enfant.

Confondait les générations.

Manque un raccord.

S'est fait couillonner par son ex elle a pris la fuite avec un jongleur espagnol de passage au Cygne qui fait cabaret le samedi soir une triste histoire mais drôle quand on y pense Alfred dansait avec une cousine pendant que sa femme se faisait mettre dans les gogues elle avait été pour uriner chez les dames où Antonio l'a coincée un chaud lapin qui l'avait repérée dans la salle après son numéro elle était jolie à l'époque ç'a été le coup de foutre comme dit Alexandre et oust le lendemain elle faisait la malle avec son séducteur et les bijoux qu'elle s'était fait offrir pendant dix ans par ce benêt d'Alfred quand il est revenu à sa table · il a attendu pensant que sa femme était dérangée mais à un moment il est allé voir aux doubles où elle n'était plus il a demandé à tout le monde si on l'avait vue et quand les gens ont commencé à rire il a compris ce n'était pas la première fois mais ç'a été la dernière.

Que fait-il de ses journées.

Le maître était visible l'après-midi de trois heures à trois heures et demie sur la grande terrasse hiver comme été faisant une promenade dite hygiénique plusieurs fois le tour des parterres l'air absorbé.

Et la nièce ajoutait ce qu'on dit est-il vrai que Monsieur retient de force le petit Théodore sa maman le voudrait auprès d'elle mais.

Ou qu'elle avait entendu dire c'est d'un bête qu'on mettait une drogue dans le verre de Théo le soir au dîner

78

et l'enfant s'endormait aussitôt on devait le porter dans son lit à quoi la tante répond en éclatant de rire qui on qui on c'est moi qui le couche le mignon il tombe de sommeil tous les soirs mais es-tu folle de croire aux ragots des gens quelle drogue je te le demande prends-tu Monsieur pour un monstre ou quoi il adore Théo.

Adore adore c'est bien ce qu'on disait.

Les faits scabreux de préférence.

Comme aussi l'histoire de qui vous savez qu'on racontait il n'y a encore pas bien longtemps quoi quelle histoire ce vieux cochon pas d'autre mot je ne parle pas de Monsieur qui attendait les enfants à la sortie du catéchisme souvenez-vous mais quel rapport je te le demande qu'est-ce que c'est cette mentalité ah je t'en fiche l'innocence des campagnes ils ne songent qu'à mal je t'interdis de me parler de ça tu entends.

Les gens sont si mauvaises langues.

Bref elle se mettait dans un tel état

la pauvre qu'on aurait presque pu la croire de mauvaise foi.

Et ces types au café ne sont pas meilleurs que les autres vous connaissez les hommes rapport aux mœurs de certains ils voient rouge on prétend que ça en dit long mais qu'est-ce qu'il ajoutait oui celui qui de la fenêtre aurait vu s'enfuir le malfaiteur pourquoi pas supposer qu'il le connaissait et n'en aurait soufflé mot le vieux schnock on s'en fichait bien que la police fasse son boulot ce n'est pas le premier assassiné de notre rue en quatre ou cinq cents ans figurez-vous une des plus anciennes de la ville on peut presque dire que la population elle aussi est faite au feu et ne s'émeut guère devant un égorgé de plus ou de moins.

Voilà qu'il s'agissait d'un égorgé à cette heure.

L'autre bout du comptoir s'arrondit aussi mais laisse entre lui et le mur un passage pour le barman et la patronne qui tient la caisse une trappe à système de monte-charge s'ouvre dans le sol à cet endroit pour l'approvisionnement de la cave elle gêne les mouvements les jours de livraison ce qui donne lieu à des prises de bec.

Un jour de livraison justement n'importe qui aurait pu se glisser jusqu'au fond du bistro où donne la porte des gogues pour se rendre dans la cour et de là monter dans l'immeuble voisin pourquoi vouloir lui faire emprunter le grand escalier d'un immeuble bourgeois avec concierge et tout en plein après-midi plus simple de prendre l'escalier de service non.

Ce pauvre Alexandre après la mort de son frère il héritait la maison de famille qu'il a tout de suite voulu occuper je vois encore son déménagement avec une camionnette bourrée de ses livres et de ses vieux papiers la bonne y avait adjoint ses affaires et la batterie de cuisine avec la niche du chien tout ça ballottant bringuebalant le long de la petite route ils étaient tous deux devant à côté de Louis qui faisait le chauffeur le petit Théo les a rejoints le soir même accompagné par sa mère qui grelottait dans la salle à manger partout des courants d'air il pleut dans les combles Magnin pour l'hiver leur a installé dans le petit salon un poêle à mazout qui y fait piètre figure lambris et tapisseries ont beau être en piteux état tout ça a encore de la classe.

Et alors ce vieux con aujourd'hui qui se traîne d'un salon à l'autre en supputant les frais de remise en état vous savez qu'il n'a pas le rond mais il parle encore de tenir son rang vis-à-vis des propriétaires d'alentour c'est à crever de rire d'ailleurs son déménagement était bien antérieur à la mort de son frère qu'est-ce que vous la ramenez avec son déménagement monsieur Alfred est mort dix ans après je vois encore l'enterrement mais elle confondait avec celui d'Alexandre mon Dieu c'est humain dix ans est-ce que ça compte et confondre un déménagement avec un autre.

Humain le mot que je cherchais.

Confondre un enterrement avec un autre c'est ce qui nous pend au nez à tous sans vouloir vous vexer.

Manque un raccord.

Me semblait à les entendre régresser avant le déluge dans un temps qui est toujours le leur.

A la page tant saison d'aimer à telle autre de céder sa place.

Le pauvre homme prenait un dossier pour un autre m'en a-t-il fait voir avec ses vérifications de fiches ses classements ses remises en ordre j'y passais des semaines entières ça m'a bien fatiguée.

Alors que selon Théo le vieux après l'intervention de sa bonne prenait un malin plaisir à brasser ses fiches comme des cartes à jouer et à brouiller l'ordre de ses papiers ne perdant pas la boule pour autant toujours selon Théo qui dans les années suivant la mort de son parrain fit imprimer pour les amis un recueil en fac-similé des notes de Mortin qui révèlent paraît-il l'extraordinaire lucidité du vieillard.

Une chandelle brûlait au chevet du défunt pendant que le neveu en toute hâte ouvrait les tiroirs cherchant la clef du coffre où il croyait trouver le testament mais ne découvrait qu'une fausse clef comme si par cette plaisanterie d'outre-tombe.

Coupez.

Brûlait dans sa cheminée l'automne venu les doubles de rapports aussi longs qu'insipides dont il recopiait en hiver les originaux pour en brûler à nouveau les copies l'automne suivant.

Et aussi mon Dieu ce journal repris cent fois au cours de son existence dans lequel il consignait ses états d'âme provoqués par la venue de la nuit ou ce genre d'événement certains prétendent qu'il est de son frère ils passaient de longues soirées ensemble à rédiger quelque chose comme l'histoire de leur

famille je les entendais se questionner
sur la date de naissance des uns et celle
de la mort des autres ils étaient de
bonne souche descendant de nobles
campagnards par les Quisard de Ballaison je me souviens du prénom
de l'une de leurs aïeules Josèphte-
Françoise-Jéromine n'est-ce pas char-
mant.

Mais pour ce qui est du journal il
est de monsieur Alexandre j'en donnerais
ma main à couper m'a-t-il assez tracassée pour me faire me ressouvenir qui
il avait rencontré tel jour ce qu'il avait
fait tel autre et même ce qu'il avait
mangé chez sa sœur ou chez des voisins ou un mot tenez que j'avais entendu chez l'épicière il voulait savoir
de qui et pourquoi et comment oui il
m'a bien tracassée mais je le laissais
faire parce que cet homme n'était
heureux que remâchant ses souvenirs
qu'il confondait du reste bien souvent
avec ceux des autres il faut le dire
comme si tout ce qui venait du passé

lui appartenait de droit je n'ai jamais connu personne qui lui ressemble comme je disais à ma nièce.

Ou comme elle disait à sa nièce ou comme sa nièce lui disait.

Parce que contrairement à ce que prétendent les gens ce n'est pas lui qui est responsable de la mauvaise éducation de Théo mais bien la mère qui le gâtait pourrissait et ce n'est pas juste que l'oncle ait payé plutôt qu'elle je veux bien qu'il était riche mais n'en a-t-il pas fait profiter toute sa famille.

Et revenant sur l'horrible épisode du cimetière le corps de Mortin retrouvé raide un soir de novembre sur la dalle de leur caveau de famille un couteau de boucher planté dans le dos quand j'y pense il était cinq heures et demie dans ces eaux-là la nuit tombait le cimetière fermait ses portes mademoiselle Passetant se hâtait vers la sortie ayant fleuri comme chaque année la tombe de ses parents quand elle distingue une forme allongée sur une dalle elle a poussé un cri et n'osait s'approcher elle a couru chez le gardien qui est revenu avec elle il a tout de suite dit comme elle montrait de loin la tombe en question plus haute que ses voisines mais c'est la sépulture Mortin il s'y est dirigé seul car Étiennette se sentait faiblir elle a les nerfs malades elle s'est assise sur.

Elle ne savait plus où elle s'était assise oh un court instant pour ensuite se précipiter vers la sortie et reprendre sa voiture stationnée pendant que le gardien avec une lampe électrique reconnaissait monsieur Alexandre puis retournait chez lui alerter la police par téléphone ce n'était pas un couteau de boucher qu'il avait de planté entre les omoplates mais un couteau à cran d'arrêt.

Le portefeuille bourré de billets sur la foi de la banque où Mortin était passé dans l'après-midi et la montre en or et la chevalière un saphir gros comme ça monté sur platine et les boutons de manchettes des pierres-de-lune s'il vous plaît.

Mais il était harnaché comme une cocotte votre Mortin.

Bref tout ça avait disparu avec en plus détail amusant si on peut dire les chaussures neuves.

Coupez.

Mais que jamais le gardien n'avait vu le cadavre pour la raison qu'il était décédé dans l'après-midi au guichet détail macabre de la banque où il était allé toucher sa demi-pension d'invalidité Étiennette ayant trouvé chez lui sa veuve et ses fils dans un état comme bien on pense paraît-il que cet homme était la crème des pères et des maris c'est un des fils qui est venu reconnaître le corps de Mortin ce qui faisait beaucoup de morts à la fois en comptant les enterrements de la journée mais on ne choisit pas.

Le frappait dans le dos alors que le vieux se baissait pour redresser un pot de chrysanthèmes Toussaint merdeuse à souhait l'autre s'était tapi derrière un monument funéraire attendant la tombée de la nuit puis ni vu ni connu faisait le mur opposé à l'entrée du cimetière.

Version différente à chaque fois.

Approcher de la vérité ou en perdre toute trace on entendait mal.

Celui qui est près de la fenêtre voit un homme traverser la chaussée passer devant la boîte aux lettres entrer dans l'immeuble et cætera un autre repaie une tournée un autre en repaiera une et ainsi de suite jusqu'au soir où chacun s'en va de son côté il ne fait pas bon alors n'avoir personne à rejoindre chez soi et s'y retrouver seul à se demander ce qu'on y fait question qui en amène une autre puis une autre comme au bistro tout à l'heure les tournées on perd de vue l'assassin ou le voleur dans une autre version comme le guetteur du café lui aussi se demande puis un autre puis un autre puis un autre et ainsi de suite jusqu'à quand.

A la page tant la bonne en visite chez sa nièce.

A la page tant le cadavre sur la descente de lit.

A la page tant il referme le dossier.

A la page tant elle emportait l'enfant et le maître se réveille de son cauchemar.

A la page tant se revoyait avec Théo dans le cimetière assis devant la valise et défaisant une à une les piles de coupures afin d'y trouver des thèmes de rédaction.

L'ardoise en revenir toujours là.

Manque un raccord.

Parce que moi sa maladie vous pensez si je la connaissais tous les matins la même rengaine après l'exposé des rêves et des cauchemars passait en revue les tracas de la veille prévoyait ceux du jour craignait ceux du lendemain et les morts du journal la liste des défunts s'allonge.

Des cadavres des cimetières un goût de pourriture jusque dans le riz que je lui préparais.

Tout redire oui sous peine.

On trouve sur l'ardoise régression du désir.

Pénible anamnèse.

Les jours poisseux l'horreur de la mémoire.

Les souterrains se creusent les échanges n'ont plus lieu que dans l'ombre opaque.

Le désespoir serait requis pour la mutation souhaitée.

Tous regrets étouffés.

Sa main liée désormais aux mots qu'elle retrace.

Quant à Alexandre comme je disais c'est bien des années qu'il a vécu avec son frère dans leur maison de famille combien mon Dieu elle ne savait plus on ne tient pas un compte de ce qui se passe chez les autres.

Ou qu'elle se souvenait de ce que lui disait la bonne à l'époque des difficultés continuelles entre les deux frères qui chacun avaient leur idée au sujet de l'éducation de leurs neveux parce qu'à un moment Alfred s'occupait spécialement de Léo et Alexandre de Théodore était-ce après le décès de la mère ou avant on disait qu'elle n'avait pas de sentiment maternel mais je chercherais plutôt du côté de la mistoufle l'impossibilité où elle était de nourrir cette chiée d'enfants comme elle disait à l'épicière.

Les contradictions qu'on trouve partout lorsqu'on se met à réfléchir.

On était donc bien un dimanche et ces dames causaient religion sacrement messe miracle hôpital pharmacie salpingite pschlllpschlll chez l'épicière attendant leur tour les carottes cette année ne sont pas bien venues mais les salsifis par contre quoi vous faites encore de ces saletés moi il y a vingt ans que j'y ai renoncé on dit du reste que c'est cancérigène.

Parce que moi sa maladie son frère était mort de la même c'était congénital toute la famille avait fait des séjours à l'asile la mère était folle à lier et la grand'mère pareil bref Alfred y était resté une crise aiguë mais elle ne se souvenait plus si c'était Théo ou Léo qui avait hérité la maison de famille.

La même qui le dimanche d'avant avait pris des crevettes congelées et aujourd'hui des moules ils ont toujours aimé la marée en disant cette pauvre Marie pourvu qu'elle n'attrape pas la crève elle est moins forte qu'elle ne paraît car l'épicière était partie la veille à l'enterrement de sa belle-mère à cent kilomètres en voiture pas chauffée et les églises vous savez ce que c'est la belle-fille servait ces dames j'entends la jeune voilà pourquoi les choses n'allaient pas vite elle n'est pas débrouille.

Et l'autre dame ça devait être attendez non je ne sais plus elle disait mais vous ne savez pas qu'il n'y a pas un mot de vrai dans ce qu'il vous raconte comment après tout ce temps êtes-vous encore sa dupe sa dupe que voulez-vous dire je veux dire qu'il vous ment et que vous êtes une grande bêtasse de vous laisser bourrer le crâne depuis le temps à votre âge vous vous rendez compte.

Elle avait beau fouiller dans les papiers elle.

Ou reprenant tous les sujets que le vieux ressassait à qui voulait l'entendre celui de sa mort par exemple ou celle de son frère.

Ou alors quelqu'un à brûle-pourpoint c'est moi qui rajoute quelqu'un là comme un caillou dans une mare qui relaterait à fonds perdu cette histoire à n'en plus finir où il ne serait question que de finir mettre un terme à couper court.

Et où qu'il se trouve n'entendrait parler que de ça était-ce sa fin à lui ou celle d'autrui ou de tous à la fois vous voyez le genre.

Ou plutôt le fruit du silence tout à coup les voix se taisent le monde s'écroule.

Ce qu'on pouvait constater en reprenant les lettres les notes les témoignages en question.

Impossible de finir impossible de ne pas finir impossible de continuer d'arrêter de reprendre.

D'être autre chose que cette accumulation de riens à la dérive.

A quels tours de passe-passe ne fallait-il pas se livrer pour y faire entendre quelque chose.

Tout ça barré rayé effacé.

La répétition des faits d'un âge à l'autre quelques années seulement d'intervalle et tout recommence les voix ne sont plus les mêmes mais les mots si partant les événements comme ils se déroulent du plus terne au plus dramatique du plus doux au plus amer si bien qu'une chronique élaborée.

Prends cet autre dossier et tiens lis là à cette page.

L'enfant reprenait sa lecture.

Le témoin interrogé affirme n'avoir connu le vieillard qu'à l'époque où il vivait seul donc après le décès de son frère il ignore l'existence de ce dernier ce qui paraît surprenant dans une société aussi restreinte chacun au fait de tout et de tous mais pour ce qui est de Théodore il dit se souvenir parfaitement avoir fait sa connaissance chez le.

Qui lui révélait avoir rencontré le jeune homme au cimetière une veille de Toussaint il allait fleurir la tombe de.

Chez le quoi la tombe de qui.

Les noms sont effacés.

Continue.

Et qu'il lui disait à la fin de sa vie ce qu'il n'avait jamais eu l'occasion de dire à personne à savoir ses réactions en face de ce qu'il aurait appelé lui des problèmes mais que notre époque avait résolu soit dans le domaine des penchants.

Articule tiens-toi droit.

Maine des penchants et leurs implications dans l'ordre moral soit dans celui de la métaphysique et leur impact sur l'équilibre de l'esprit il n'en demeurait pas moins perplexe à s'aviser que la lumière d'un raisonnement ne fît en rien disparaître les ténèbres de.

L'enfant s'était endormi et la bonne.

Le vieillard reprenait le document et

par une illumination soudaine décidait de classer ses paperasses.

Puis soudain plus rien sur l'ardoise plus rien dans les dossiers les registres pas une ligne feuilles blanches.

Nulle trace nulle part de la tourmente comment faut-il dire détresse ou fièvre ou mal.

Était-ce un chagrin.

Chose importune.

Plus rien.

Évanouie.

C'est arrivé juste avant le déjeuner il était déjà à table contrarié que son neveu se soit décommandé les vieux redoutent la solitude et les habitudes prises pour y parer sont sacrées comme on dit bref à peine assis pouf il pique du nez dans son assiette Marie arrivait avec le potage tout de suite ils l'ont allongé sur le canapé qui ils elle et monsieur Alfred et le téléphone qui se déglingue tout le temps quand le docteur est arrivé il reprenait ses sens il a demandé à voir Théodore.

Ou si elle confondait avec la seconde attaque il me semble qu'à la première ça n'a été qu'un petit malaise la troisième par contre a été mortelle mais nous n'en sommes pas là elle ajoutait un paquet de lessive c'est comme ma sœur la peur qu'elle nous a faite malgré qu'on s'y attendait elle était tellement affaiblie la maison de retraite ne l'avait pas arrangée quand ils peuvent rester chez eux ils durent plus longtemps à moins qu'ils ne se fassent poignarder comme ce vieux comment s'appelait-il l'année dernière souvenez-vous tout seul la tête dans son pot de chambre.

Dans son assiette dans son pot de chambre il y avait une couille quelque part mais pensez à son âge et dans l'état qu'il était rédiger encore des rapports pas étonnant que c'était la bouteille à l'encre.

Une nouvelle lessive qu'ils font toute cette publicité à la télévision on est tenté d'essayer c'est humain un sou est un sou pas de petites économies oh vous me rappelez ma mère.

Elle a retourné dans sa cuisine où elle a pleuré tout son saoul en y repensant c'était la veille de la Toussaint tout s'explique.

Elle n'aimait pas tellement les pommes moi la compote si les châtaignes vous vous souvenez rouges les meilleures à cuire un bouillon et hop c'est fait on n'en trouve plus nulle part ils n'ont que des golden sur tout le marché il y avait un monde cette musique c'est nouveau dans les rues vous avez vu les petits tricots à l'éventaire des Magasins-Prix ils les liquident à vingt francs j'ai trouvé des chaussures enfin qui me tiennent au pied je ne peux plus porter de talons la forme qu'ils ont maintenant mes muscles ne reviendront pas j'ai les orteils figurez-vous qui se bloquent exercices massages rien n'y fait ce sera ma croix il en faut bien une qu'est-ce que je disais la pauvre oui vous avez su qu'elle avait quitté sa fille vendredi pour se rendre chez son fils et le samedi matin sa bru va lui porter son café au lait elle était déjà raide cette jolie chambrette que Magnin lui avait aménagée au grenier je l'ai su hier par madame Moine vous me mettrez encore cette laitue.

Fleurs naturelles clientes représentant matin frisquet voilà qu'on était de nouveau en novembre.

Manque un raccord.

Pour un dîner de cette importance tout le gratin du pays mais ce n'était plus le tralala d'autrefois moins de dépense et du monde trié sur le volet les temps héroïques sont loin passez muscade.

Coupez.

Ils sont arrivés en tenue de gala un soir par la forêt dans des voitures découvertes attelées de chevaux plus grands que nature on ne les entendait pas fouler le gravier les occupants en descendaient et gravissaient les marches de l'escalier d'honneur où les attendait sous la voûte le maître portant un masque de carnaval ils ont défilé devant lui pendant des heures pour se disperser dans les salons et il disait je vous ai reconnus vous ne me donnez pas le change car en effet ces beaux messieurs avaient aussi caché leur visage par égard pour leur hôte ils n'étaient plus en cause simples supports des hantises du vieux ses papiers ses cauchemars.

Que de morts autour de nous.

La bonne descendait de voiture venant de chez sa nièce elle montait les marches il l'attendait sous la voûte en tenue de gala elle s'informe du défunt et pénètre dans la chambre tendue de noir les beaux messieurs font cercle autour une lumière rose emplissait la pièce elle apportait des bougies plus convenables et lui cherchait dans ses papiers ceux relatifs au décès mais une page manque où sont portés l'heure la date le lieu les circonstances.

On n'a jamais su de quoi il était mort d'après Léo c'était une attaque la troi-

sième trouvé le nez dans son assiette
d'après Théo dans son pot de chambre
d'après monsieur Alexandre un couteau entre les omoplates mais il perdait
la tête à l'époque où on l'interrogeait.

Pauvre monsieur Alfred on l'aimait
bien toujours effacé en retrait par rapport à son frère il lui vouait une admira-
tion déplacée quand on pense à la mé-
chanceté d'Alexandre tout le travail
pour cette revue comment ça s'appelle
intéressée par leur famille et l'histoire
du lieu qu'elle habitait depuis des générations tout le travail oui était fait par
Alfred mais signé par son frère beau
parleur fréquentait les uns et les autres
se vantait de ses efforts se plaignait de
ses.

Alfred qui a passé sa vie à ses recherches entre Fantoine et Agapa les
mairies et les presbytères pour les registres mais aussi toutes les histoires
qui couraient sur les uns et les autres
jusqu'à Sirancy où ils avaient encore de
la famille des pages et des pages de notes

de croquis de plans qu'Alexandre consultait sans méthode pour avoir l'air au courant chez les autres et mettait en pagaille ce qui ne facilitait pas le travail d'Alfred jamais il ne s'est plaint on comprend qu'après sa mort l'autre ne s'y soit pas retrouvé et que la chronique le mot que je cherchais ait été stoppée net.

Ensuite c'est la période du délire d'Alexandre qui courait les cimetières vous voyez le genre on pouvait se demander qui en ferait jamais l'histoire il n'y aura eu que cette cuisinière qui perdait la boule au temps où on l'interrogeait toute évocation étant dès lors vouée à.

Ce paquet de pages en vrac comme bouleversé par un ouragan quelle main patiente le remettra en ordre.

Manque un raccord.

Manitou invisible.

Ou alors le neveu lequel des deux qu'est-ce qu'ils viennent nous embêter avec cette figure mythologique l'oncle

Alexandre vieux schnock on n'en est pas plus fier pour autant.

Refaire une journée de Mortin dans cette maison pas celle-ci l'autre préciser les détails salon salle à manger couloir vestibule cuisine chambres chambres chambres vraiment oui il y avait de quoi perdre la boule.

A croire que le défunt n'avait jamais existé que dans l'esprit d'un dangereux maniaque.

Le faire passer à la postérité pour une création d'Alfred mais quid alors de la mémoire des survivants ceux qu'on pouvait présentement interroger ils avaient des souvenirs d'Alexandre en tant que particulier inoffensif d'accord maladif d'accord furtif d'accord mais néanmoins là parmi eux de telle date à telle autre comme en faisait foi son épitaphe.

Comme si le mort par cette plaisanterie d'outre-tombe usait du seul pouvoir qui lui restait de reproduire sans fin l'image de ses échecs.

Deux ou trois mots on entend mal au moindre mouvement qu'on fait des piles de documents dégringolent des coupures glissent brouillent les paroles perte de temps manque de méthode.

Et les grand'mères les grand-pères les arrière-arrière sans oublier les branches latérales issues de issues de toute la smala dans les tiroirs les armoires les placards il perdait ses bésicles ou si c'était la photo retouchée d'un oncle par alliance comment s'appelait-il je dois l'avoir dans un calepin chose ravissante marie-louise de fausse écaille et friselis d'argent.

Ou ces visites à la tante Marie à Nouvel An elle faisait frire des merveilles et préparait du quinquina charmante grosse dame un peu rouge portait perruque une voix de petite fille diction parfaite elle en avait des souvenirs ne quittait pas sa cuisine demeure annexe de la maison ancestrale leur blason dans l'armorial de notre province très corpulente oui est-ce qu'il n'y avait pas une odeur de remarquez la finesse du décor de cette petite coupe brun-rouge introuvable des giroflées peut-être il y en aura plein le jardin dans un mois.

Il continuait à chercher dans le calepin le nom du frère de l'aïeule ou de la sœur de celle qui pendant qu'on détaillait le visage anguleux jaunâtre yeux enfoncés gris-bleus très pâles comme fixés à l'intérieur sur un paysage qui s'estompait paradis problématique nez aquilin cheveu rare il ne quitte pas sa robe de chambre.

Pendant qu'on changeait quelque chose à l'agencement des serait-ce pages ou passages on entend mal derniers instants histoire de tuer ce qu'il en reste moi cette façon de ne pas finir ses phrases me met dans un état.

Quant aux neveux combien de fois lui ai-je dit vous les gâtez trop vous en ferez des garnements comme si de pas les gâter pouvait changer le fond pourri de la nature ces petites frappes.

Elle ajoutait où j'ai mis mes lunettes

106

encore je n'y vois rien ce que tu pourrais faire pour te rendre utile tiens la poussière sur tous ces petits cadres moi je fatigue elles descendaient j'entends la tante et la nièce l'escalier du hall la vieille tire un peu la jambe va falloir que je m'occupe des oignons dit-elle ils adorent ça une belle tarte et toi ensuite la vaisselle mets un tablier où as-tu trouvé cette petite blouse c'est ravissant ces fleurs avec un gros M brodé sur le néné gauche elle s'appelle aussi Marie bref tous les soucis ménagers un beau matin de novembre non comme le temps passe fin février déjà on a fêté la Chandeleur reprendre tout ça par le fond le tréfonds l'événement central bouleversement phénoménal une terminologie de concierge mais on y arrivera avec de la méthode.

Refléter une vérité enfouie chez les autres comme si nos propres tics et nos manies ne pouvaient susciter que des gens qui ne nous ressemblent pas.

Pour donner l'idée de flottement

qui lui paraissait se dégager du spectacle.

Le vieux piqué au vif quel flottement est-ce que j'existe oui ou merde il vous faut quoi des attestations des procès-verbaux il n'y a pas assez de monde autour de moi peut-être pas assez de mobilier pas assez de fatras.

Figure mythologique du tonton Alexandre.

Problème concernant l'oncle Alfred quelque chose là qui se détraque.

Ces gens qui couratent d'une chemise à l'autre dans les dossiers.

Quant à la maison il n'en aurait jamais habité aucune plus de quelques jours avant sa mort.

Propos qui nous paraissaient bien un peu filandreux mais qui se serait douté qu'à ce moment-là déjà il avait perdu la tête un petit vieux bien propre bien aimable si pondéré si ponctuel ce travail qu'il accomplissait avec méthode depuis un demi-siècle c'était une référence tout de même pauvre monsieur Alphonse je le vois encore revenir de la bibliothèque à midi et quart son rase-pet élimé aux manches sa vache sous le bras de l'autre il soulevait son chapeau poliment aux connaissances nombreuses à cette heure-là tout le monde rentrait pour la soupe et quelle gentillesse il mettait à accepter un verre au café se tenant toujours dans le coin près de la fenêtre à gauche en entrant avec ceux qu'il continuait à appeler les copains on le taquinait on lui faisait boire un coup de trop et il devenait tellement gai c'était à vous fendre le cœur racontant sa jeunesse ses frasques de collégien les bals du samedi soir la guerre les tickets de rationnement tout ça dans une confusion adorable son petit lorgnon attaché à un petit ruban qui lui tombait du nez il lissait sa petite moustache et redisait l'histoire du petit éléphant malade et de la petite souris qu'est-ce que c'est déjà cette histoire.

Il paraît que sa bonne lui flanquait des raclées quand il rentrait éméché.

Sa bonne vous voulez dire la première ou la seconde.

Il n'en a jamais eu qu'une plus de quelques jours avant sa mort pauvre petit vous me mettrez encore ce morceau de citrouille.

Attention tu te trompes de page.

Non c'est la même qu'est-ce que c'est citrouille.

Continue.

Il retombait en enfance les souvenirs vous assaillent deux ou trois moments d'inattention boum c'est vite fait ah ce n'est pas lui qui se serait opposé à l'évocation d'une de ses journées pauvre chérubin à six heures c'était la première tétée la maman pouvait à peine ouvrir l'œil éreintée qu'elle était par le train du ménage jamais couchée avant minuit vous savez ce que c'est de nourrir ces sommeils de plomb qui vous prennent juste au moment où le gosse se met à couiner vite elle le tire du berceau pour pas que le père nom de Dieu de bordel de merde viens mon chéri se dépoitraille

lui fourre le bout dans le bec combien
de fois je ne me suis pas rendormie avec
le gosse sur moi ensuite c'est le tour du
père la moitié du temps il pisse à côté
du pot tu pourrais pas aller jusqu'aux
waters quand même le matin il arrivait
à le placer son bordel pour une chaus-
sette sous le lit ou le bouton du pantalon
qui saute il a un ventre maintenant est-
ce que le vôtre.

Et qu'il soit parti comme ça en pleine
santé tout marchait comme sur des
roulettes le foie l'estomac l'intestin on
n'a jamais su de quoi d'après sa bonne
un mauvais coup de froid d'après le
docteur une saleté qu'il traînait depuis
des années ça ne l'a pas empêché de faire
son travail tous les jours je le voyais se
rendre au cimetière son petit chapeau
crasseux sur le sommet du crâne pour
ces affaires de concessions fonctionnaire
je crois au département des décès
comment ça s'appelle est-ce qu'il allait
vérifier l'emplacement des tombes l'entretien l'espace disponible c'est le gar-

dien qui nous aurait renseigné il est mort la semaine dernière.

Et monsieur Théo qu'est-ce qu'il pouvait nous dire sur ce sujet il l'avait connu très tard déjà sur le retour presque gâteux une charité qu'il lui faisait de classer ses papiers vous n'imaginez pas le désordre et l'inintérêt de tout ça il collectionnait les moindres imprimés incapable de jeter même un prospectus publicitaire Théo en a vu de toutes les couleurs pour ranger ce fatras dans des valises par petites piles petites liasses entourées de ficelles d'élastiques et cætera le vieux ne sortait jamais que muni d'une mallette ou d'une vache pleine de ces paperasses il allait de bistro en bistro se saouler la gueule on le prenait pour un représentant paumé il lui arrivait plus souvent qu'à son tour de se faire vider par le garçon quand il avait son compte et il restait des heures sur un banc du jardin public ou alors quand il faisait froid se réfugiait à la poste et roupillait contre le radiateur avant de reprendre ses sens et de rentrer à son domicile où il n'avait pas seulement de quoi se.

Qu'est-ce que tu racontes je te dis que tu te trompes de page.

La petite tête s'inclinait les beaux petits yeux se fermaient et la bonne.

On reprenait alors ensemble le texte et on constatait que c'était bien ça simplement l'enfant avait sauté une ou deux lignes vraiment pour une ou deux lignes pas de quoi faire un drame.

Et comme aussi de restituer le décor il trouvait ça impossible on a beau se dire là était tel objet là tel autre avoir même une photo détaillée du lieu la restitution ne dépend pas des éléments matériels dont on dispose mais de bien autre chose d'ailleurs restitution qu'est-ce que ça signifie et qui est-ce que ça intéresse une imposture de plus le tonton ne revivrait pas sur commande.

Cette voix sur l'ardoise qui s'efface.

Quant aux propos relatifs à la famille bouffeuse bâfreuse insatiable aucun texte aucun papier mais le bruit des choses dites redites interdites d'une génération à l'autre et qui se pressent dans une tête damnée du troupeau.

Abattre l'animal avant la contagion.

Ou ligoter l'hérétique sur le bûcher.

La procession des masques défilait dans le couloir puis sortait par le jardin et remontait dans les voitures qui s'éloignaient sans bruit laissant le maître seul sous la voûte elle entendait ses sanglots elle disait monsieur Léo lui rien ne l'impressionne quand monsieur Albert s'est alité il n'a pas seulement prévenu le docteur c'est moi qui ai téléphoné mais il était trop tard le mal avait fait son œuvre on n'a jamais bien su de quoi il retournait et l'autre disait quand même écoutez pourriez pas faire un effort qui c'est encore cet Albert on n'avait pas assez d'Alphonse d'Alfred et d'Alexandre.

Coupez.

Ils en étaient à l'évocation du dîner de gala qui devait rappeler les splendeurs de jadis mais comment suggérer ça avec les éléments dont ils disposaient et dans ce cadre d'une tristesse à se détruire ne leur demandons pas l'impossible.

Et puis les grandes figures s'estompaient devenaient symboliques on avait beau faire l'heure était passée le cœur n'y était plus.

Quand ma nièce est venue m'annoncer ça j'ai dit tout de suite attendons pour les prévenir monsieur Alfred risque une attaque il faut trouver le moyen et surtout le moment mais il n'a pas eu la réaction que je redoutais comme quoi il vieillit lui aussi un peu d'indifférence lui vient en aide la nature en définitive n'est pas si mal faite et il a dit merci nous attendrons à demain pour lui rendre visite le soir la fièvre monte il sera plus calme le matin et il m'a demandé de servir la tisane qu'ils boivent chaque soir à dix heures et demie la petite est restée avec moi jusqu'à onze heures et quart.

Cette soirée confondue avec celle qu'elle passait dix ans après avec sa nièce dans des circonstances presque semblables mais à propos de la fin de monsieur Alexandre journées bien angoissantes qui n'avaient pas arrangé sa pauvre cervelle aujourd'hui elle est à l'asile comme vous savez n'en finissant pas de finir je ne vais plus guère la voir ça m'impressionne elle ne me reconnaît plus depuis des années vraiment la nature quelle malfaçon quelle misère.

S'imaginant dans dix ans repensant à ce jour les choses quotidiennes les gens aimés il n'y aura plus personne que celui qui repense à ce qu'il imaginait alors courage perdu esprit à la dérive désir anéanti.

Mais Marie lui disait qu'est-ce que Monsieur va chercher là est-ce qu'il se souvient à cette heure de ce qu'il imaginait il y a dix ans sûr que non on oublie voyez moi mon pauvre mari le premier je veux dire à peine si je me rappelle sa voix la couleur de ses yeux Monsieur aura beau dire l'imagination est à double tranchant qu'il en use pour ses mémoires mais dans la vie c'est temps perdu.

Imagination pour mémoire.

Mémoire pour imagination.

Les jours poisseux.

L'impossible anamnèse.

Ils avaient fini le soufflé j'étais dans ma cuisine attendant qu'ils m'appellent mais le coup de sonnette ne venait pas il y avait encore les endives et le fromage à servir je commençais à perdre patience et puis je me suis inquiétée tout à coup je les voyais tous deux immobilisés l'un en face de l'autre ils avaient eu une attaque je me suis dirigée vers la salle à manger j'ai d'abord écouté à la porte je ne les entendais pas discuter j'ouvre il n'y avait personne la table desservie tout est en ordre la pendule marquait trois heures.

A cette époque elle commençait à ne plus dormir elle rôdait la nuit de sa chambre à la cuisine elle notait sur l'ardoise des choses qui lui passaient par la tête elle retournait se coucher et le matin elle n'arrivait plus à se relire elle prenait peur vite elle effaçait d'un coup d'éponge ou alors.

On aurait retrouvé dans sa table de nuit des brouillons de lettres pris dans la corbeille à papier du patron et des coupures de journaux qui mentionnaient mais je.

Pas moyen de s'entendre dans ce boucan carrefour dangereux si nous allions nous asseoir un instant sur la place le temps se met au beau.

En effet des signes avant-coureurs du printemps étaient dans l'air le merle ce matin le froid moins coupant les jonquilles écloses une certaine résonnance entre les maisons une certaine lumière bref ces dames allaient s'asseoir sous le monument aux morts un banc tout neuf elles posaient à côté d'elles leurs cabas pleins et reparlaient de cette histoire d'avant le temps qui avait bouleversé tout le monde on était en plein cauchemar on se méfiait de ses voisins on n'osait plus sortir la nuit tombée mais le tout tellement allusif et mêlé de préoccupations présentes qu'un tiers non averti n'y aurait rien entendu.

C'était ça la vie d'un petit pays l'étranger s'y perd les habitudes y sont prises depuis toujours malheur à qui ne s'y conforme pas.

Comme celle des cerveaux du reste organisation différente équilibre différent l'amateur ne s'y retrouve pas sans peine et comparait le cerveau à un soufflé on le met au four vers l'âge de raison il monte tout doucement il gonfle il se dilate jusqu'à l'âge d'homme qui varie selon les individus puis redescend progressivement pour finir tout plat ou brûlé c'était bien le cas de Marie et de son maître qu'est-ce qu'ils vont devenir j'en parlais l'autre jour à mademoiselle Moine qui disait que dans les cas graves sans famille le maire doit intervenir jamais il n'oserait s'y risquer après tout ce qu'on raconte des forcenés qui se barricadent dans leur maison elle voyait déjà monsieur Alexandre et sa bonne armés de fusils interdisant l'accès du château.

Quant à monsieur Léo il nous reste bien peu de souvenirs de lui cette photo en militaire et dans son armoire un pantalon et un pull qui y sont depuis trente ans comme aussi les petits dessins piqués aux murs de sa chambre sont de lui enfant et la peinture des moissons quand il était jeune homme et même sur la table de toilette sa brosse à cheveux avait été celle de sa grand'mère on n'y a pas touché il nous a quittés à vingt-cinq ans il a d'abord écrit d'Amérique ensuite de moins en moins et puis plus rien jusqu'au faire-part de son enterrement.

Il aimait la montagne cette bleue là-bas voilà que son nom m'échappe mais on ne voyait par la fenêtre que le petit jardin et les champs jusqu'à la forêt.

Coupez.

Travail de tâtonnements de reprises

d'hypothèses nulle trace sur l'ardoise et pourtant des mots furent écrits ils figurent quelque part les limbes du discours à explorer notant ces bribes puis effaçant d'un coup d'éponge en quête d'une rédemption problématique urgente pied à pied ici tenir la rampe.

Elle écoutait derrière la porte lire l'enfant il s'accrochait à toutes les phrases le maître toussotait il activait le feu il se versait une tasse de tisane la petite voix faiblissait le vieux disait continue puis il sonnait.

Ces voix qui vous reviennent.

N'y trouve plus guère de réconfort.

Une joie au fond de soi qui ne.

Noter sur l'ardoise poireaux lessive savon.

Elle retournait à son fourneau mue par un vieux ressort mais à cette époque ne cuisait plus rien pour elle toute seule depuis longtemps dans sa cuisine où nous venions lui rendre visite à Nouvel An.

Les merveilles sont des beignets au sucre.

121

Le quinquina elle le préparait elle-même avec du concentré.

Une odeur pas tellement agréable de vêtements portés et de moisi et de friture il y avait sur le dossier du fauteuil un napperon au crochet piqué avec des épingles dorées à deux pointes pour cacher une tache de graisse peut-être le crâne de l'oncle quand il y faisait sa sieste.

Et puis en ce qui nous concerne la fin d'une époque de tergiversations métaphysiques de malaise individuel qui avait donné lieu à quelques développements dits poétiques tout ça tellement dépassé qu'en feuilletant le manuscrit on était pris de vertige devant tant d'activité en pure perte ah oui la fin d'une époque vivement la suivante et merde à nos neveux.

Théo disait j'avais beau fouiller dans les papiers je n'y trouvais pas la moindre indication de date impossible d'établir une chronologie soit que l'oncle ait systématiquement tout mêlé soit plutôt qu'il ait donné relativement jeune plusieurs échantillons de sa pensée bizarre et qu'il n'ait fait ensuite que les reprendre au gré de sa fantaisie donc pas d'évolution.

A quels tours de passe-passe ne devait-il pas se livrer mais ce n'était que justice vis-à-vis de son oncle après tout il lui devait sa fortune son éducation sa maison sa place dans la société croyez-vous qu'il y serait parvenu seul ou poussé par ses parents vous voulez rire à propos que sont-ils devenus est-ce que la mère n'était pas un peu folle c'était congénital oui ou alors contagieux puisque la bonne.

Toute seule dans sa cuisine pas une âme à qui causer vous avez vu le prix des huîtres où est le temps que j'en prenais chaque dimanche on ne peut tout de même pas se taper de la morue toute l'année quelle époque autrefois c'était le Vendredi Saint n'est-ce pas dans quinze jours le temps comme il passe beaucoup moins froid oui je pense que vous serez pour les fêtes en famille est-ce que Magnin ne vous a pas aménagé une chambrette dans la maison de votre fils.

Sa bru lui apportait le café au lait le matin gâtée comme tout elle y resterait bien une quinzaine mais on ne peut pas s'imposer aux gens les gens quelles gens est-ce que je suis les gens qu'elle répondait sa fille avait semé ses haricots trop tôt ils craignent la gelée cette année elle mettrait des bégonias.

La répétition des faits d'un âge à l'autre cette histoire à n'en plus finir quelques années seulement de riens à la dérive.

Ou le fruit du silence tout à coup.

Mention rayée.

Se penchait avec attention sur ces papiers toute une existence de maniaque où il retrouvait la sienne page après page les terreurs du vieux qui se relevait la nuit pour noter ses hantises l'éducation de Théo les factures à payer les souvenirs d'on ne savait plus qui confondus les nuits de cauchemars dans un bouleversant aveu d'impuissance la maladie reconnue la lutte pied à pied contre son emprise et le délire finalement consigné parallèlement aux humbles devoirs de chaque jour.

Comprends-tu ce que tu lis.

Non m'sieur.

Continue.

La montagne cette bleue là-bas une odeur de genièvre et de géranium.

Le tout tellement allusif qu'on perdait complètement le fil pourquoi alors continuer de tendre l'oreille.

Elle se tenait derrière la porte imaginait Théodore un beau jour penché sur les papiers du maître et défaisant page par page la légende qu'avait tissée le vieux autour de sa famille de sa personne et de ses occupations il se prendrait au jeu et userait à son tour son existence à pulvériser celle du tonton la vanité elle aussi est contagieuse.

Pulvériser c'est réduire en poussière.

Légende ce qui doit être lu.

Ces mots écrits qui figurent quelque part nous y arriverons avec de la méthode.

Pied à pied cette rédemption.

De sorte que tout le monde y aurait mis du sien pour embrouiller les choses quelle idée aussi de mettre à jour ce paquet de paperasses serait-ce Théo qui l'aurait eue on ne voit guère à qui d'autre l'attribuer puisque de Léo nous n'avons plus de nouvelles quant aux Alphonse Alfred et autres Albert bref j'entends encore Monsieur me dire que savons-nous de la vérité où croyez-vous qu'elle niche dans le puits toute nue fariboles dans les têtes qui se disent froides certes pas non plus elle a besoin d'endroits secrets où se blottir qu'est-ce qu'il voulait dire avec ses endroits secrets.

Le temps comme il passe oui ce serait bientôt Pâques.

Cette voix même de Marie qu'on a peine à reconnaître il va bien falloir

126

enfin en appeler à Théodore mais rien ne presse patience patience.

Et si les grandes figures s'estompent et que le cœur n'y soit plus nous trouverons un autre biais.

De toute façon quand on est venu lui annoncer que l'oncle avait eu une attaque elle a tout de suite fait le rapprochement avec celle du frangin il y avait de ça des années quand tout était encore en place je veux dire en état de marche le train de maison de ces messieurs hôtes visiteurs domestiques les travaux d'aménagement d'embellissement les fermages à s'occuper les voisins à rendre la politesse on ne se doute pas des soucis qu'occasionne ce genre de vie oisive on peut dire par rapport à celle des laborieux.

Et profitant d'un moment d'inattention pour placer une remarque sur la vie tout court quelque chose comme après tout puisqu'il le faut mais s'en repentant bien vite car il y a des mots qui vous restent dans la gorge.

Ou cherchant à mentionner le jour et l'heure ce doux avril un temps d'arrêt dans son mouvement absurde vers quoi.

Bien facile d'épiloguer sur le destin le néant le rien-qu'on-traîne et l'illusion d'accomplir quoi que ce soit.

Coupez.

Ou du mouvement inverse qui le replongeait à cette heure dans la procession des masques figures et symboles tout un pan de mémoire qui s'écroule qu'étaient-ils au fait ces personnages qui nous ont tant occupés de leurs tracas de leurs coucheries et de leurs funérailles.

Le tonton Alexandre vieux schnock.

Les soi-disant neveux ces petites frappes des gigolos pas chers qui allaient de l'un à l'autre vieillard pour le prix de leur jeunesse plus tellement fraîche.

Âme amochée fond pourri.

Ces moments de vérité valaient-ils mieux que les autres ceux de la fable on pouvait se le demander.

Bref il avait du mal ce brave Théo

à se dépatouiller des chimères du patron.

Paraît-il que madame Marie lui vient en aide au besoin elle a encore toute sa tête et lorsqu'il hésite à placer tel événement en regard de tel autre elle y va de son avis ce qui facilite le travail.

Quant à moi je le revois notre ivrogne avec sa valdingue à prospectus il en avait de tous les formats et de partout qu'il allait piquer dans les poubelles d'imprimeries toute une existence de ce boulot ça en fait quelques-uns de torche-culs il les plaçait dans les bistros en grande cérémonie contre un coup de rouge l'avait complètement perdu le nord on s'en amusait dans le quartier.

Et rentré chez lui le soir il entretenait sa folie avec le classement de ses imprimés la pile des aspirateurs celle des machines à vaisselle celle des fers à repasser celle des rasoirs celle des presse-purée des éplucheuses des

129

concasseuses des bétonneuses des produits d'entretien de beauté de santé d'hygiène de.

Voir à dégager raisons fausses pistes.

Autrement dit savoir pourquoi le manuscrit est bourré d'indications propres à fourvoyer celui qui le consulte.

Motifs du tonton d'agir ainsi.

Dans le fond une histoire très ordinaire de vieil artiste que l'imagination a quitté et qui essaie de s'en tirer par des subterfuges complication de la forme chinoiseries d'écriture prétention à la métaphysique et au symbole qu'est-ce qu'on en a à foutre se disait Théodore et pourtant continuait son œuvre de déblaiement.

Jusqu'au jour où il s'avise qu'il est devenu lui-même ce jongleur à bout de souffle et que l'histoire du manuscrit tant contournée et controuvée et contreversée est la sienne bel et bien Mortin réincarné dans son neveu délicieux fallait voir comme.

Ventripotent ma chère et glaireux

et même pas propre sur lui ah on a bien raison de dire.

Mais oui lui que vous voyez là ce pauv'vieux je vous dis vous avez remarqué la façon qu'il regarde les femmes pchlllpchlll moi ça m'amuse.

Elles en étaient aux radis à cette heure et aux pommes nouvelles et aux asperges le temps comme il passe.

Et mademoiselle Moine disait après tout pourquoi je me casserais la tête ma belle-sœur n'est pas une princesse à ce prix je n'ai pas les moyens d'en acheter plus d'une botte ma mère a toujours eu pour principe.

A quoi répondait madame Dubard je suis avec vous élevées comme nous l'avons été le gaspillage d'aujourd'hui nous fait deuil j'attendrai encore une quinzaine sur quoi l'autre disait après tout moi aussi ma belle-sœur n'est pas une princesse et elle remettait les asperges à l'étal l'épicière s'amusait leur donnant raison mais elle doit être pourvue d'un peu de tout pour les gens de la ville en week-end ils ne regardent pas à la dépense.

Retomber en enfance c'est vite dit qu'il disait mais moi qu'il bassinait tous les matins avec le récit de ses rêves je peux vous dire qu'il y sombrait et tous ses chichis d'écriture prétention complication manutention.

Coupez.

Il y a ceci moi je vais vous le dire.

Coupez.

Il y a ceci que dire.

Coupez.

Il y a que moi le même plus non phénomène oui bouleversant quelle malchance pauvre petit si gentiment d'un seul coup le nez la pourriture phénix phénix d'accord mais la difficulté.

Ces murs couvercles entraves.

Comme si l'aventure pauvre petit n'était celle de tout le monde.

Pulvériser c'est réduire en poussière.

Légende ce qui doit être lu.

Pied à pied cette rédemption.

Mais alors moi qui vous cause les ceusses qui la renient je les comprends.

Le tout tellement allusif hélas pas d'autre moyen.

Le doux avril fout le camp le mal est fait le mouvement recommence.

Plus le même vite dit heureusement il y a le rêve et votre méthode vous pouvez vous la mettre où.

Comprends-tu ce que tu lis non continue moi je veux bien reprendre le fil histoire de passer le temps comme il et son petit chapeau crasseux sur le sommet à la recherche de pour hanter les cimetières malin y vérifier s'il est bien mort la semaine prochaine ne plus entendre devoir devoir ce pensum consternant je vous accorde dans un sens jusqu'à plus ample compte tenu de l'occurrence voyons ajustait son petit lorgnon au bout du petit cordon et voilà ce qu'après tant d'années d'un labeur acharné.

Le doux avril ouais.

La malchance ouais.

Le rêve ah bénédiction venez.

Le temps où il surgissait d'une citrouille nous allons voir nous allons dire nous allons ouais refaire des phrases le seul moyen de les liquider.

Une grande phrase qu'il faudra bien désavouer pour resplendir hors de l'affreux ossuaire.

Donc toujours monsieur Théodore singeant s'ingéniant à découvrir dans ce merdier la raison pourquoi étant donné les je veux bien circonstances encore que pas tellement pures de hasard tels passages étaient tant obscurs il fait une découverte en chaussant le lorgnon du tonton mais là comment expliquer quelque chose comme occulté par.

Traces d'effacement.

Puis le chaussant à l'envers autre chose occulté par.

Puis un œil seulement pour un verre et pour l'autre puis l'autre œil pour l'autre et pour l'un découverte hallucinante mais comment expliquer.

Tellement perturbé qu'il s'en remet non plus à l'œil mais à l'oreille de monsieur Alexandre.

Découverte cette fois indicible preuve que son diapason n'était pas celui du conservatoire.

Il aura souffert de bourdonnements d'oreille dit-il mais peut-on se satisfaire de ce genre de pirouette.

Il devenait tellement gai c'était à vous fendre le cœur il est sorti de sa chambre disant ce doit être occultant une ère qui commence le hic du temps ana où je me débats encore.

Ah ces poètes.

Rapplique la montagne bleue et les odeurs de tiens quel était le nez de monsieur Alexandre possibilité d'expression nasale il était tant sensible tant proche de la nature d'autant plus qu'il est avéré que ses élucubrations ne furent jamais produites que quelques jours avant sa mort.

Et pour en revenir aux petites frappes combien de fois ne les avait-on pas surpris le matin ne coupez pas fricoter ensemble fallait voir comme ni gêne ni honte elle disait bien madame Marie que c'était l'éducation la punition la damnation qu'est-ce qu'on en avait à foutre il faut bien que jeunesse se passe de les avoir gâtés pourris mais le fond qu'en faites-vous je vous le demande avec détails à l'appui pour donner du piquant à des pages sans saveur il le savait bien le vieux schnock.

Cherchait alors lesdits détails parmi les notes en vrac et ne trouvait que mentions barrées effacées comme c'est dommage on aurait pu tirer du fric de ces révélations quoique de nos jours croyez-vous pas ce genre un peu sur-fait.

Avec ça reprenait l'autre hors d'elle qu'il se privait d'en foutre plein le troufignon à ses neveux le vieux bougre vous ne me direz pas tout de même.

Jésus vous n'avez pas honte.

Bref vérité enfouie chez les autres à propos de l'oignon le jour de la Chan-

deleur ou Chanceleurre ou Chante-
pleure moi j'y renonce il me faudrait
ici voyez-vous une pince désignant sa
poitrine là descendre l'échancrure et
pour la longueur je me fie à vous mais
l'autre n'y voyait plus bien clair il pose
alors ses lunettes et se demande s'agit-
il de symbole je n'ai jamais non plus
apprécié ce genre mais que faire contre
la fatalité quelques jours avant sa mort.

Occultant une ère qui commence.

Parce que la mort de quoi peut-elle
être le symbole hein vous la bouclez.

En multiplier les occurrences tout ce
qu'on peut faire.

Celles du tonton en tout cas nous
n'avons pas lésiné sur le nombre.

Quand par exemple je.

Théo reprend le vieux harnais de son
oncle et donne une suite à cet amas
confus de notes de réflexions en marge
de bribes et de souvenirs et Marie qui
l'espionne l'entend les soirs de fièvre
pester contre le défunt bel exemple de
fidélité à sa mémoire.

Son oncle son oncle un vieux miche-ton ni plus ni moins et le jeune homme un zigoto pas fier il serait temps de rétablir les faits tout de même qu'est-ce que c'est ces chichis à la mords-moi-le-nœud tiens les asperges ont baissé mais les œufs qu'est-ce qu'ils ont cette année si ça se trouve les poules d'Hollande prennent la pilule allez savoir chez ces sauvages paraît-il qu'en Danemark c'est encore pire des godemichés pour enfants et des allez-vous vous taire madame Buvard il y a ici une jeune fille mais qui riait sous cape alors ce joli mai mademoiselle ça vient-y ou ça vient-y pas à votre âge j'avais un jules épatant.

Quand par exemple un petit matin froid d'octobre ayant franchi la grille du cimetière j'avançais dans l'allée trois cent trente-trois la nuit des temps à la recherche de cette tombe de cette qui grand Dieu la tante sa nièce son gendre sa bru la smala de chrysan-thèmes dans le calepin friselis une

138

odeur de chose morte et quand je dis chose vieux trognon vieux troufignon malgré la finesse du décor cette cochonnerie qu'il avait dans le cœur et qui bousillait ses matins de Pâques pauvre chérubin ces bouquets de bites sous les lilas ces giroflées trous de balles qu'est-ce qu'il était triste parole remâchant reniflant glairotant glaviotant ses fausses dents dans la petite boîte d'écaille que la tante ou sa nièce ou son gendre ben oui quoi la vieillesse il pouvait bien imaginer Théo prenant sa place et triant l'affreux tas de merde passez-moi l'expression il pouvait bien changer l'agencement des pages la remontée se faisait sans le concours de personne et fatale fatale vous m'entendez cette voix de petite fille diction parfaite jusqu'au malpas image qui nous revient de la nuit des temps.

Les lys du grand sommeil.

A propos dormir comme ça des douze heures est-ce bien hygiénique il répondait pour vingt cauchemars à se détruire un rêve de brume là-bas ça paie.

Pour l'heure que ressentez-vous.

Une grande tristesse l'épreuve hors de proportion.

Alors ce manitou.

Comme qui dirait éclipsé nous ferons sans les Alphonse les Alfred et autres Albert.

Donc oui cherchant cette tombe au petit jour il bute sur un schnock accroupi dans les chrysanthèmes c'est-il un lieu pour faire ses besoins l'autre bafouillait des excuses un chapelet de pets toute la smala mythologique à la mémoire de deux ou trois particuliers intempestifs mais bouleversés par l'ouragan des.

Manque un raccord.

Il s'était levé matin pour éviter la foule des fricoteurs mais c'est-il une raison pour chier comme ça sur ses défunts.

Surtout qu'il nous faut renouer cette idylle petit patapon.

Alors la pauvre Marie rassemblait

ses souvenirs et tenez asseyez-vous là nous révélait qu'à huit heures elle lui portait son café au lait il avait bien mauvaise mine le matin jaunâtre visage gris-bleu comme enfoncé dans la fin d'une époque signes avant-coureurs nous cherchions dans les reprises ce paquet de photos retouchées où les grand' mères perdaient dans la fiole création de couloir vestiboule et métaphe.

Coupez.

Ce rêve de brume là-bas.

Coupez.

Le faire passer à la postérité de telle date à telle autre.

Bel exemple si ça se trouve de fidélité à.

Impossible anamnèse.

Nous y arriverons avec de la méthode.

On est allé lui rendre visite il avait bien baissé à l'époque recroquevillé sous le plaid qui lui couvrait les épaules au-dessus de son fauteuil le portrait d'une grand'mère à son côté un guéri-

don avec une lampe à lumière rose qui
éclairait le paquet de paperasses il n'y
touchait plus mais ça lui tenait compagnie la bonne lorsqu'il se déplaçait de sa
chambre à la salle à manger avait
l'ordre de transporter ces feuilles et de
les poser sur la table où il prenait ses
repas va-et-vient nostalgique malgré
le peu de sympathie qu'inspirait sa personne il m'arrivait de le plaindre bien à
tort du reste il payait le prix de sa stu-
pide gloriole les choses reprenaient leur
juste place pouvait-on lui souhaiter
mieux in extremis qu'une vue claire ou
à peu près de ce qu'il avait été.

Quant à son frère c'est-il encore le
lieu de l'évoquer j'en doute.

Passez muscade.

Pauvre monsieur Théodore il a eu
toute la peine trier les saletés du crou-
lant ce n'était pas une sinécure collectionnait les journaux les imprimés
les prospectus les catalogues qu'il entas-
sait dans des valises plein son bureau
on aurait dû tout jeter mais s'il

s'était trouvé parmi je ne sais pas un.

Appelez-moi Dodo si je puis faire pour vous quelque chose.

Ces attachements de vioque qu'est-ce que ça peut donner toute la peine et rien en retour il en parlait encore parler est beaucoup dire près de la lampe que la bonne déplaçait de la chambre aux orteils va-et-vient sympathique sous le plaid à micheton.

Eh oui nos beaux matins chez l'épicière nos petits soleils et nos cancans une tristesse à se détruire qu'en ferons-nous au point du jour les heures de carnaval l'agencement des nuits est-ce que.

Perdu dans l'ouragan des pages.

C'est vrai ça quoi que c'était encore qui lui faisait la tête comme une usine.

Mais l'autre en est toujours à ses asperges plus le temps de courir au cimetière on se débrouillera sans nos défunts allons ma petite moi j'ai ma nièce elle doit perdre patience.

Deux ou trois nièces pourquoi pas une douzaine pendant qu'ailleurs se tenaient des propos graves sur les tomates le temps qui passe je fais de la culture mais pas encore plantées avec ce froid le joli mai de nos grand'mères mal à la gorge voilà ce que j'ai comment faites-vous pour votre feu avec vos jambes l'infirmière c'est à cinq heures ces jours-ci elle a du dérangement chez elle rapport au maçon qui lui aménage une chambrette au grenier moi c'est le cœur j'y vais pour ma piqûre et mon mari le foie.

Les petits tricots à l'éventaire.

Cette musique c'est nouveau dans les rues.

Épreuve comme on n'en a jamais subi.

Refermant le dossier il crie qu'il aille au diable j'ai mon mot à dire moi aussi et je le dirai.

Il a quitté la bibliothèque il est allé faire un tour du côté du cimetière passant devant chez Magnin et Thiéroux et Dubard le sentier longeait le marécage plein de plumets blancs qu'on appelle linaigrettes et de scirpes et de carex la lande semée d'orchis et de genièvre le blé jusqu'à la forêt il arrive au cimetière ou plutôt l'emplacement il n'y a plus rien un busard perché sur un tronc sec s'envole à son approche.

Tout redire hors de proportion.

Il s'est assis sur une pierre tête entre les mains le désespoir aussi manque à l'appel que faire sans son soutien bredouiller des souvenirs perdu la trace vieux sentier malmené vieux désir liquidé par la rafale du dérisoire.

Bah laisser couler l'eau et pi des soucis j'en ai bien autant comme vous les bons moments qu'on cherche si ça se trouve on les perd tout à l'heure le v'là mé qui pataquoise.

Pour un matin de mai ce beau caquetis de mésange.

Pour un matin de mai le temps comme il passe.

Eh oui monsieur Théo je l'ai bien connu votre oncle un homme comme on n'en fait plus fallait voir la tenue nom de Dieu qui qu'aurait dit qu'il avait quel âge s'attendrissait pas sur soi pourtant les soucis ne lui manquaient guère faut croire que ça conserve mon père son cadet de dix ans il a mouru quand lui.

Ou s'il confondait avec l'autre mais après tout quelle importance.

Le long du vieux sentier sa promenade hygiénique monsieur Théo rêvassait au mystère des choses pouvoir de l'esprit nature de l'âme ou vice-versa confondus l'âge venant dans un brouillard de signes et de symboles la vraie bouteille à l'encre.

Puis il est retourné dans sa chambre mettre au point ses réflexions parce qu'il est un homme éminemment moral et cultive ce goût de la clarté qui a tant fait pour la promotion de la nature l'avancement des sentiers de l'âge la mystification du pouvoir l'émancipation de l'hygiène et l'exaltation des vieux.

L'ardoise en revenir toujours là.

Autre chose à noter que cette accumulation de riens à la dérive.

Reprendre du poil de la nuit.

Et d'abord congédier Théodore il n'a que faire dans ce cloaque celui qui parle répond de ce qu'il avance aucune manœuvre astuce ou dérobade n'est plus de mise.

Je quelque part dans cette nuit intenable la remontée ou remémoire s'avère mortelle et pour quel profit puisque celui qui parle mais qui personne à notre connaissance.

Ou qu'il se soit livré à cette ascèse suggérait le docteur devant le cadavre afin d'en arriver là justement auquel cas nul regret pour quiconque mettant ainsi un terme aux rumeurs concernant le décès elles avaient encore cours il faut bien entretenir le dialogue et pour ces dames de quoi parler chez l'épicière trouvez-nous d'autre victime nous sommes prenantes.

Histoire à fonds perdu qui ne serait plus de celles qu'on raconte.

Quel support désormais à cette parole qui ne peut tarir.

La bonne mêler ses notes aux paperasses l'enfant fausser le message par
sa lecture maladroite échappatoires.

Répétition de faits qui ne sont plus
soudés par le désir.

Impossible anamnèse.

Mais il fallait poursuivre coûte que
coûte qu'importent les moyens si le
drame s'avère mortel peut-être là est le
profit.

Oh ce n'est pas qu'il était tellement
crâne ajoutait la bonne au contraire
entre nous paix à ses cendres la peur
était son pain quotidien tout prenait des
proportions un mot dit de travers un
ennui bien tarte un verre qui se casse
l'avenir de son neveu le sort de sa famille sa responsabilité en tant que.

Mention barrée.

Sa responsabilité en tant que.

Mention rebarrée.

Et l'angoisse d'au-delà les chrysanthèmes il n'y coupait pas non plus
comme si je vous le demande continuait
la bonne on devait payer de damnation

le prix d'une vie de chien dont on se serait passé c'est bien votre avis moi j'ai toujours eu foi en la Providence qu'elle se débrouille.

Alors c'était le rabâchage de cet assassinat pour conjurer le mauvais sort une autre version et une autre et une autre façon de passer joyeusement comme on dit le temps qu'il vous reste à finir.

Était-ce bien aimable aussi pour monsieur Théodore mais il a si peu compté en définitive.

Bon puisqu'il faut s'y remettre et qu'on n'est juge du bien-fondé de rien je vais vous la dire ma version à moi de la mort de ce vieux il y a de ça des années qui a tant fait réfléchir Monsieur et l'a peut-être aidé à ne pas mourir comme un chien parce que je tiens malgré que vous me traitez de grande bêtasse qu'il y a des sujets qui ont plus de poids que d'autres rapport au sérieux de la vie même lorsqu'on s'y fourvoie comme les personnes tenez on aura beau dire il y en a qui ont de la classe et d'autre point ce qui ne veut pas dire qu'elles ne soient toutes des créatures du bon Dieu ça s'appelle les inégalités naturelles et vous ne prétendrez pas qu'un homme qui passe son temps surtout à partir d'un certain âge à des frivolités ou ne s'intéresse qu'à des histoires de cul passez-moi l'expression se prépare à mourir aussi honnêtement comme celui qui réfléchit à sa fin dernière c'est une opinion qu'on ne peut pas aller contre parce que malheureusement qu'on soit ci ou ça philosophe ou pas on y passera tous et vous aurez beau.

Mais qu'est-ce qu'elle a madame Marie avec ses idées funèbres elle n'était pas comme ça est-ce le signe qu'elle est au bout de son rouleau tenez ça me fait deuil une femme si dévouée qui n'a jamais eu que le souci des autres ah on a bien raison de dire.

Monsieur Alexandre revenait de sa promenade il remontait dans sa chambre et notait reprendre version décès vioquard une dernière fois.

Mais autre chose se préparait au-delà des consciences et chose est bien peu dire et consciences rien du tout et dire encore moins alors quoi la boucler.

Reprendre du poil de la nuit.

Le coin gauche du bistro en entrant.

Le vieux s'y tient avec deux autres en train de boire son coup de blanc.

Quand j'ai entendu Théodore pénétrer dans le salon je l'ai soupçonné d'être de connivence avec la bonne qui seule savait que je rangeais mes papiers dans le secrétaire.

C'était un samedi Marie chez sa nièce et mon neveu devant venir prendre de mes nouvelles après cette soirée fatigante donnée à des voisins politesse retardée le plus longtemps possible j'étais encore au lit il pouvait être.

A son chevet le docteur dit il vous faut aller jusqu'au bout de cette épreuve concentrez-vous du cran.

Mais le malade avait beau faire sa tête était vide il dit plus rien de relatif à la chose ne m'est possible tout a été passé en revue demandez à ma bonne elle est témoin de mes efforts.

Et la bonne dit docteur allez-vous lui ficher la paix c'est-il une façon de guérir les gens remettez-nous votre note et retirez-vous.

Mais le docteur tient bon il continue il dit n'y a-t-il pas lieu malgré tout de revenir sur tel ou tel point tenez par exemple cette rencontre au cimetière pouvez-vous m'en reparler.

Alors Mortin rouvre l'œil il dit le cimetière oui tout est parti de là je peux encore en parler je pourrai toujours oui veuillez replacer cet oreiller que je sois plus à mon aise.

Marie et le docteur l'aident à se redresser.

Et le maître reprend la parole où il l'avait laissée dans la nuit des temps il retrouve sa voix de petit garçon bien sage.

J'avais une ardoise où je notais tout ce qu'il y avait à faire dans la journée et le soir venu j'effaçais avec un chiffon ou une éponge et le temps passait assez bien je veux dire sans autre souci pour moi que de le faire passer.

Journées bien remplies d'occupations sans une minute d'écart entre elles par où s'infiltrent les mauvais souvenirs.

J'avais mes travaux d'archives comme vous savez toutes sortes de notes et de documents relatifs à des choses de plus ou moins d'intérêts mais sait-on jamais celles qui peuvent en prendre à l'occasion.

Et beaucoup de phrases imaginées ou récoltées un peu partout j'ai toujours aimé les phrases et je les distinguais des choses dans mon classement mais en gros la balance se faisait je crois normalement entre ces deux catégories un équilibre approximatif de mon esprit devait être garant de l'autre.

On m'a beaucoup critiqué de collectionner tout ça spécialement Marie parce que les dossiers s'accumulaient partout et qu'elle avait de plus en plus de mal à faire le ménage mais qu'est-ce que le ménage au prix du calme relatif de l'âme.

Jusqu'au jour où me levant vers les huit heures comme de coutume je vais à la cuisine prendre mon ardoise et je vois que tout ce que j'y avais noté puis effacé les jours précédents y était revenu comme fraîchement tracé de ma main.

Je ne me suis pas posé de question car je n'y trouve jamais de réponse mais j'ai pensé que c'était grave et j'ai pris la décision de réduire mon ardoise en miettes.

Et c'est de ce moment que date mon malheur l'horreur de la mémoire les jours poisseux dont on ne se débarrasse avec quelle peine qu'en dormant la plupart du temps est-ce une vie je vous le demande.

Dans mes courts moments de veille j'ai pris l'habitude de me rendre au cimetière et il m'est arrivé plusieurs fois de m'y endormir lorsque je laissais passer l'heure du retour.

Le docteur écoute il note certains détails pour pouvoir ensuite poser des questions précises.

Une année à la Toussaint je me suis rendu au cimetière avec une gerbe de chrysanthèmes pour honorer la mémoire d'une vieille connaissance il y avait déjà la foule qui venait fleurir ses tombes.

Quel âge pouvais-je avoir à l'époque dans les trente ans Marie vous le confirmera.

Le docteur notait.

J'écoutais les conversations bien prosaïques à peine y évoquait-on les défunts mais le prix des chrysanthèmes était évoqué par contre le petit pot à cinq francs de naguère c'était correct approuvez-vous les dépenses inutiles.

L'allée trois cent trente-trois la contre-allée sept cent soixante-dix-sept j'étais perdu dans ce dédale cherchant la tombe en question.

On ne me remarquait pas parmi tant de monde je n'ai jamais été bien remarquable habillé comme tous les jeunes d'alors pantalon de toile et petite veste genre américain rapiécée aux coudes grosse écharpe de laine en tricot.

Le docteur notait.

Je ne sais si vous fréquentez les épiceries de campagne on y entend toujours les mêmes propos le temps pas de saison les mauvaises récoltes les rhumatismes les tracas que causent les enfants c'était l'atmosphère du cimetière à peu près ce soir-là donc le train-train quotidien quand soudain je me trouve nez à nez avec un type d'un certain âge qui se recueille devant un caveau de famille il m'invite à m'asseoir sur une tombe voisine et nous causons de tout et de rien jusqu'à la nuit le vieil idiot me croyait dupe mais je l'avais tout de suite démasqué sa main d'abord qui me tapotait l'épaule vos soucis passeront et ensuite me caressait la cuisse et ensuite vous voyez le genre la foule disparue privautés et ensuite il me dit je t'appellerai mon neveu et tu me diras tonton et nous vivrons dans une belle maison que j'ai.

Ce genre de tristesse gémit le docteur quand en sortirons-nous consterné par la platitude de l'anecdote il s'attendait à une révélation mais ce n'est pas tous les jours dimanche.

Ni tous les jours la Toussaint.

Manque un raccord.

Et il s'interrompait tout le temps pauvre monsieur Dodo disant non ce n'est pas ce que je voulais dire autre chose de telle date à telle date autre chose se faisait jour par delà les consciences autre chose autre chose.

L'air d'un aristocrate bourrelé de remords.

Mais dormir comme ça des douze heures était-ce bien hygiénique.

Dodo l'enfant do.

Surtout ne le réveillez pas dit-il nos soins ne vont pas au-delà des consciences nous verrons par la suite ce qui se tramait dans sa cervelle ce ramassis de notes et de documents ce fatras de riens à la dérive.

Imagination pour mémoire.

Appelez-moi tonton si je puis faire pour vous quelque chose ma valise une boîte à trésors nous en tirerons profit au fil des jours et cette révélation qu'ils attendent pchlllpchlll vous entendez coup de tonnerre bouleversement cataclysme et consorts la Parque bredouillante pour une réalité qui n'a jamais cessé d'être imminente.

Vous y croyez vous à la.

Nom de Dieu dit madame Buvard c'est qu'il vous fout les jetons à c't'heure.

A force de mourir forcément qu'on ne peut pas durer alors que faites-vous du futur.

Un tas de quiproquos et moi sa façon de ne pas finir ses phrases me met dans un état c'est comme sa tête il n'en a jamais eu que la moitié et quand je dis moitié.

Les souterrains se creusent les échanges n'ont plus lieu que dans l'ombre opaque.

Encore un petit effort dit le docteur tel ou tel point souvenez-vous et le moribond retrouvait sa voix d'enfant et la bonne fondait en larmes.

J'avais une ardoise oui mon pense-bête et j'y notais outre les commissions à faire le lendemain des phrases comme ça toutes crues qui me passaient par la tête surtout la nuit ayant perdu le sommeil à l'aube j'en recopiais certaines dans mon dossier des phrases et non des choses est-ce que vous me suivez auxquelles il me fallait réfléchir parfois des nuits entières pour savoir ce qu'elles révélaient j'ai toujours pensé qu'un manitou invisible Marie peut en faire foi organisait par delà les consciences une sorte de discours qui pouvait nous tenir lieu de sagesse pour peu qu'on prenne la peine de tendre l'oreille à quels moments mon Dieu je ne sais trop les miens étaient ceux de l'insomnie mais il doit y en avoir d'autres pour d'autres tempéraments j'imagine qu'un poète par exemple par éclairs car ils sont brefs en connaît de plus nombreux qu'un homme comme moi et devine plus aisément leur sens secret.

Il est touchant de lucidité dit le docteur et la bonne entre deux sanglots répond ça ne durera guère.

Le temps comme il passe.

Juin à nouveau nigelles bétoines centaurées mélampyres ses fleurs ses grillons ses parfums mais le cœur n'y était plus tous volets clos.

Qui nous tiendra compte de cette innocence éperdue.

Retrouver le temps dans les tréfonds de soi quelle blague sinistre autant croire à la fraîcheur du fumier allez y découvrir les fleurs qui le composent jusqu'à quand feront-ils de la mémoire un substitut de l'éternité duperie à vomir mais on aime être dupe n'est-ce pas docteur.

Dupe dupe que voulez-vous dire et qui parle d'éternité.

Savoir qui parle dit le moribond ça c'est une autre histoire et je m'en félicite.

Mémoire pour imagination.

Et peut-être qu'il avait eu autrefois dans l'idée allez savoir de faire servir ses réflexions à quelque grand projet semblable en cela à bien des solitaires qui cultivent dans leurs moments gris ce qu'ils appellent l'espoir ne voyant pas qu'il y a entre lui et le réel même différence de nature qu'entre.

Le cœur n'y était plus.

Par bouffées si on peut dire l'image du vieux bistro où il y avait de ça des siècles prenaient corps entre deux Ricards les mirobolantes chimères qui leur tenaient lieu de présent.

La terrasse à balustres les fontaines l'escalier d'honneur les hautes fenêtres à meneaux on les retrouvait après sa mort sur les vignettes publicitaires d'une marque de chocolat série des manoirs de la région.

Imagination pour mémoire.

C'est comme son frère et ses neveux et leur maison de famille et les fêtes qui s'y donnaient je n'en ai jamais vu la couleur ni des uns ni des autres mais elle n'était pas du pays madame Cruchet et les anciens étaient depuis belle lurette au cimetière alors comment lui prêter foi en plus qu'elle perdait la boule au temps où on l'interrogeait ajoutant son taudis par contre je l'ai vu s'y traîner de la cuisine aux gogues il n'avait pas seulement de quoi se payer une femme de charge.

Les contradictions qu'on trouve partout lorsqu'on se met à réfléchir.

Et que c'est bien à tort qu'on ne tient pas un compte de ce qui se passe chez les autres on y verrait peut-être plus clair dans ce qui se passe chez soi autant de considérations faciles à ceux dont la contrition est le faible ou que la main liée aux mots qu'elle retrace n'est plus l'instrument qui convient on entend mal convient à quoi au grand projet qu'il aurait eu de faire surgir de cet amas de notes une vérité qui n'a jamais cessé d'être imminente comment savoir.

Il ne devait pas se sentir bien à l'aise

disait la bonne entre ses insomnies et ses cauchemars veuillez replacer l'oreiller.

Comment conduire une existence entre la hantise du cimetière et l'horreur de la mémoire.

Et non seulement la façon qu'il avait de ne pas finir ses phrases mais celle de ne pas aborder ou de détourner les questions relatives à certaines de ses convictions lâcheté qui ne lui aura été d'aucun bénéfice au contraire il l'a eue dans le baba et ce n'est que justice la notoriété à laquelle il aspirait secrètement comment la concevoir autrement que comme consécration de la ténacité à s'affirmer.

On pouvait se demander ce qu'elle entendait par certaines convictions elle qui avait connu le vieillard mieux que personne mais on n'en aurait rien tiré de plus car elle avait été à bonne école et craignait encore après tant d'années de le trahir.

Et Théodore en relisant ces notes au

soir de sa vie se demandait encore de quoi étaient faits les sentiments de leur auteur ce vieil oncle qu'il avait à peine connu et qui l'avait fait son héritier précisant toutefois dans un codicille à propos de ses brouillons ainsi qu'il les dénommait que jamais ils ne devraient être divulgués de quelque manière que ce fût mais resteraient dans les greniers de la maison comme faisant partie des murs et qu'en cas de solution de continuité dans la succession une clause devrait figurer à perpétuité dans les actes de vente relative à cette dernière volonté était-ce légal est-ce que ça ne relevait pas de la plus haute fantaisie bien que fort émouvant je vous l'accorde.

Juin ses fleurs ses grillons ses parfums tous volets clos.

A force de mourir quelque chose comme parmi d'autres hantises celle des frontières et des trahisons.

Né aux confins de la province transarcidoine et de la Dualie et n'ayant

164

jamais su auquel de ces deux territoires il devait son origine tant leur histoire est confondue il se disait martyrisé par le sentiment de n'être loyal ni envers l'un ni envers l'autre un martyre en effet n'étant pas forcément témoin d'une cause généralement reçue comme de première importance tout dépend de la conviction de la victime et quel critère en ce domaine il n'y en a point.

Quelle envolée disait Théodore.

Et monsieur Dodo répondait envolée je ne sais qu'il vous arrive de souffrir vous ne saurez de quels tréfonds sourdent vos paroles ni quel jugement y porter.

Car en effet les morts répondent.

Refaire le trajet par l'étroit sentier du bois de prêles au bord de l'étang jusqu'au pont puis s'engager dans l'allée qui conduit à la vieille demeure à qui a-t-elle appartenu personne pour la relever de ses ruines belle image romantique mais nous n'étions pas tellement portés sur ce genre et les marais sont insalubres quand soudain un jeune homme a surgi devant nous vous êtes le docteur vite prenez ce raccourci Monsieur s'est trouvé mal le téléphone ne marche plus nous avons appris par la suite que cet adolescent avait l'esprit dérangé il hantait jour et nuit les abords du manoir et prétendait être le domestique beaucoup de promeneurs l'ont rencontré on le laisse courir il n'est pas dangereux jusqu'au jour où il plantera un couteau de boucher dans le dos du schnock.

Comme le jour de la dernière réception à chichis que donnait le propriétaire pour les gens du voisinage il y a de ça bref un jeune domestique indiquait aux voitures qui arrivaient vers les huit heures la manœuvre à exécuter pour se ranger sur la terrasse mais il y avait une telle confusion dans ses propos suite d'une grande fatigue et de l'âge et des aléas d'une existence difficile et l'hérédité pour tout dire que nous avons préféré en rester là et que ses survivants se débrouillent.

Ils étaient donc tous fadas dans ce pays.

Continuellement il sortait une lettre de sa poche et la lisait ou croyait la lire et la remettait en place et continuait de déambuler quoique de plus en plus lentement suite d'une grande fatigue et de l'âge et caetera sur le sentier du bord de l'eau où les nénuphars donnaient une note romantique plus loin la lande et.

Mais cette lettre pouvez-vous nous en dire quelque chose est-ce que sa bonne la connaissait quelqu'un de son entourage l'avait-il lue ou quoi elle a dû jouer un rôle dans la détérioration du caractère de ce pauvre homme non.

Oh est-ce qu'une lettre peut être cause d'un tel bouleversement on peut en douter je veux bien que les écrits restent comme on dit et qu'on peut y revenir y revenir jour et nuit pendant toute une existence mais à mon avis les vrais agents de mort sont les paroles sur lesquelles on ne peut pas revenir justement c'est ce qui s'envole qui laisse le vide derrière soi.

Je vous dirai que moi qui l'ai fréquenté pendant des années que de le retrouver après tout ce temps tel que je l'avais quitté fut une déception qui m'a fait mal aucun des sentiments qu'on éprouve ne nous laisse froid je l'ai revu et réentendu cultivant comme une orchidée son petit désespoir bien tarte qui à force de soins était devenu une vraie dérision et le résultat sur son esprit une sclérose irréversible personne ne peut y aspirer surtout pas un artiste ou qui se prétend tel peut-être existe-t-il chez des personnes incultes une sorte de déviation du sens mystique qui les pousse à se complaire dans un état proche mais vraiment pour quel profit jamais dans l'histoire de l'humanité la sécheresse d'âme n'a été à l'honneur et pour cause la mort je ne dis pas on peut en faire une divinité puisque aussi bien la nature nous le démontre abondamment elle contient depuis toujours les germes du monde à venir.

Le meurtre au cimetière version différente à chaque fois.

Les conversations au bistro ce rêve pour nourrissons indécrottables.

Les aléas d'une existence falote qui soudain à son heure dernière.

Ce pensum fatigue invincible.

A son heure dernière défraie les cancans un soir de Toussaint.

Il en avait des choses dans sa valise monsieur Dodo quand il lui arrivait de nous les déballer on se marrait bien pas exigeant qu'on était non.

A la page tant saison d'aimer à telle autre de céder sa place.

Et peu à peu comme ça au fil des jours une sorte de litanie bien tarte qui nous tenait lieu de chronique voyez à quel point nous étions dépourvus.

Car en effet les morts répondent.

Bon ce n'est pas le tout mesdames dit-elle assez d'attendrissements s'agit de savoir si nous poursuivons le classement comme nous en étions convenues ou si nous laissons tout ça en vrac je suis d'avis qu'étant donné nos loisirs plutôt que de tricoter pour les pauvres nous ferions œuvre tout aussi utile d'ordonner définitivement les manuscrits de notre bienfaiteur.

C'est ainsi que s'exprimait mademoiselle Moine pas la tante elle est morte la nièce présidente de la fondation Dieudonné après le décès de Théodore qui n'ayant pas eu d'héritier avait légué sa maison à la commune solution qui lui avait paru la meilleure pour que fussent respectées les volontés de son oncle exprimées dans le codicille il y avait ajouté une petite somme justifiant la fondation dont le but était d'accueillir les intellectuels fatigués dans ce lieu tranquille notre maire qui était alors le fils Chenu avait fait voter de modestes crédits pour l'entretien du bâtiment et l'aménagement du grenier en bibliothèque municipale les volumes de la mairie s'étaient ainsi mariés à ceux de monsieur Alexandre et les mémoires de ce dernier resteraient ad vitam dans les murs l'initiative de mademoiselle Moine de continuer le classement commencé par Théodore puis de faire relier plein veau par mademoiselle de Bonne-Mesure pas la tante elle est morte la nièce qui s'adonnait à ce joli passe-temps et avait déjà relié plusieurs volumes de la bibliothèque avait été accueillie avec enthousiasme au début par ces dames or la difficulté leur était grande de poursuivre le tri et elles s'apitoyaient un peu sur leur sort au moment où reprend ce récit d'où la remarque de la présidente qui heureusement avait le ton et la manière ces dames ont repris courage et poursuivi le travail on imagine avec quelle peine il aurait fallu pour ce faire quelqu'un de très averti mais comment le payer et puis quand on y pense tout était peut-être pour le mieux car le peu de lumières qu'avaient les travailleuses leur faisait adopter un classement fantaisiste qui ne serait pas le moindre attrait du volume une fois terminé.

Reliure plein veau mais c'est que ça coûte.

Eh bien figurez-vous qu'à ma dernière entrevue avec mademoiselle Francine celle-ci nous offre et le cuir et le travail il est vrai qu'elle a de quoi mais ne déprécions jamais un bon mouvement.

Et ça fait maintenant combien plus d'une année oui que le volume est terminé trois cents pages manuscrites une de ces épaisseurs format trente-cinq vingt-cinq environ tout blond dans sa reliure où il y a écrit au dos Mémoires de monsieur Mortin et quand on le demande à mademoiselle Moine qui fait aussi bibliothécaire puisqu'elle est à demeure à la fondation elle n'y a rien perdu par parenthèse logée comme une princesse dans la chambre même du fondateur elle qui était très impécunieuse c'est le moins qu'on puisse dire quand on lui demande le volume à consulter elle dit aucune note d'aucune sorte ne doit être prise de cette lecture vous vous exposez aux poursuites judiciaires et c'est encore inscrit sur une étiquette à l'intérieur du livre on peut se demander même s'il est conforme aux intentions de monsieur Alexandre de le laisser lire mais son neveu s'était permis d'interpréter dans un sens large le codicille.

Qu'est-ce que c'est codicille.

C'est un papier qui complète un testament.

Et de quoi il parle le gros livre.

De choses qui ne sont pas pour les enfants continue.

Encore un détail le volume est fixé à un pupitre par une chaîne afin que personne ne soit tenté de l'emporter mais même sans ça ce serait impossible parce que notre présidente ne quitte pas le grenier le jeudi jour d'ouverture de la bibliothèque et je vous jure qu'elle a l'œil.

Ce n'est pas que notre bibliothèque

soit fréquentée loin de là qu'elle se trouvât naguère à la mairie où qu'elle soit aujourd'hui à la fondation la jeunesse va au cinéma et les gens de notre âge ont la télévision il reste pourtant deux ou trois personnes fidèles à la culture livresque disons la culture tout court par exemple notre secrétaire de mairie qui est aussi poète comme chacun sait il a bien du mérite disent ces dames parce qu'avec tous ses chagrins il a perdu sa femme son fils et ses deux filles et encore dernièrement sa bru comme si le destin s'acharnait sur cette famille qu'il aurait pu comme tout le monde s'adonner à la boisson eh bien non il.

Qu'est-ce que c'est destin.

C'est le malheur continue.

Il continue comme devant à faire son travail à la mairie et à lire les journaux et à fréquenter la bibliothèque et à publier de temps en temps dans notre feuille régionale des odes sylvestres ou agrestes ou rupestres mais je crois l'avoir déjà dit ou était-ce à propos d'Alexandre

174

ce qui n'en est pas moins touchant.

Ah ces poètes.

Il y a aussi mademoiselle Francine elle n'est plus de la première jeunesse elle ressemble de plus en plus à sa tante Ariane même bonne figure même corpulence même démarche et l'intonation aussi de la voix on croirait entendre la morte mais pour ce qui est de la vie mondaine elle l'a laissé tomber elle reste avec sa gouvernante et ne voit plus que de loin en loin le neveu de monsieur de Broy son cousin et madame de Longuepie qui était une Ballaison si j'ai bonne mémoire bonne mémoire ça aussi je l'ai dit que c'est humiliant d'en être réduit à rabâcher des.

C'est drôle le monsieur il perd aussi la boule comme toi.

On ne dit pas la boule à son oncle continue.

On dit comment.

On ne dit rien continue.

Rabâcher des souvenirs ou ce qui y ressemble ne nous avançons pas.

Mais toi tonton tu l'avais lu le livre du monsieur.

Je.

Hein dis tu l'avais lu.

Je.

Pourquoi tu réponds pas.

Ce n'était pas un livre c'étaient des notes oui je les ai lues de son vivant et je les ai trouvées médiocres et je le lui ai dit c'est pourquoi il n'a jamais voulu les publier.

Mais ça parlait de quoi ces notes des histoires dis tonton.

Des histoires oui mille histoires.

Alors c'était pour les enfants.

Tu as raison Théo je vais tâcher de te les dire mais ne m'interromps pas je perdrais le fil voilà il y avait celle du café des illusions et celle des traîne-misère et celle du château et celle de l'étang aux nénuphars et celle du sentier dans le bois et celle des souterrains qui se creusent qui se creusent et celle du cimetière et celle du mot qui vous reste dans la gorge et celle de la lettre perdue et celle des neveux de commande et celle du tribunal et de la condamnation et celle du roi déchu et celle des assassins partout et celle du jardin aux orties et celle du couteau et celle des enfants morts et celle du chagrin et celle des rats et celle des innocents et celle des voyages nulle part et celle de la ville et celle du carrefour et celle du chagrin et celle des enfants morts et celle de la lettre perdue et celle des assassins et celle.

Tu l'as déjà dit tonton.

J'ai déjà tout dit fiston mais il faut tout redire sous peine de et tu ne devais pas m'interrompre maintenant je ne sais plus trop d'histoires tu vois beaucoup trop je ne me les rappelle plus.

Les vieux yeux se fermaient la vieille tête s'inclinait et l'enfant appelait la bonne qui.

Tu comprends disait Marie il est âgé et malade c'est pourquoi parfois on ne le comprend pas mais moi qui le connais depuis le temps je.

Et je revenais de ma promenade confiait-il à Théo et je retournais à mes notes et j'énumérais toutes les situations où je pouvais vider mon sac mais la difficulté devenait telle que.

Mention barrée.

Mais Louis aussi qui l'avait bien connu autrefois disait tout ça n'a aucune importance ne nous tracassons pas monsieur Théo a eu parfaitement raison de mettre le livre à la disposition du public et il se souvenait d'un certain matin où il était entré en coup de vent dans la cuisine Marie l'avait fait attendre au salon il feuilletait des illustrés et il était tombé entre les pages d'un magazine sur une note manuscrite qui disait en gros si j'ai bonne mémoire toutes mes intentions je m'en méfie et même mes dernières volontés pourtant passées par-devant notaire sont-elles vraiment de moi il m'arrive de douter de ma signature comme si l'autre l'invisible manitou prenait par à-coups sa revanche voilà le sort réservé aux ceusses qui se piquent de lucidité.

Ce Louis d'ailleurs on pouvait se demander qui il était mais à quoi bon comme tout le demeurant un reliquat de situation devenue illusoire.

Manque un raccord.

Ou se reposant la question à propos de Louis et de cette entrevue un matin il se disait aucune importance épisode épisode probablement venait-il prendre date pour le déménagement les bouquins la batterie de cuisine et le clebs comment s'appelait-il Léo ou Dodo ou quoi.

Demander Marie nom du clebs.

C'était quand même sur la rencontre au cimetière qu'il revenait le plus souvent dans ses moments de lucidité les circonstances changeaient suivant les jours de même que l'identité du personnage rencontré il évoquait parfois un vieillard parfois un jeune homme parfois même un chien ce qui ne laissait pas d'être émouvant à moins qu'il ne lui prît fantaisie d'en tirer des conclusions philosophiques ou autres j'ai toujours eu horreur de ça comme aussi de sa propension à voir des symboles dans les moindres hasards de l'existence.

Mais dans le fond nous n'étions pas gâtés entre la bonne et Théodore et vous savez ce que c'est les soirées à la campagne sont longues de sorte que le monologue du schnock nous distrayait parfois avec l'avantage qu'on pouvait se retirer à n'importe quel moment il ne tenait aucun compte de notre présence un peu comme un vieux disque si vous voulez qui aurait tourné sans arrêt et où nous aurions découvert dans sa musique désuète des détails de contrepoint qui nous auraient échappé jusqu'alors ou qu'on aurait oubliés d'une fois à l'autre.

A la page tant il dit quelle maladie je n'ai jamais été malade.

A la page tant il dit vieux disque vieux disque je vous en foutrai moi du contrepoint.

A la page tant la bonne demande où est passé le cadavre.

A la page tant Magnin repaie une tournée.

Le goupillon d'eau bénite dissimulé derrière le comptoir qui tenait lieu de catafalque.

Et le caveau de famille devenu théâtre Guignol où les bouilles des ancêtres apparaissaient à la Toussaint bafouillant pour la joie des fidèles un dialogue des morts dans la pure tradition spectacle couronné par un jeu de massacre à coups de pots de chrysanthèmes pan sur la gueule à tata Jéromine pan sur la gueule à grand'maman Estelle et pi çui-là qui c'était avec son chapeau de curé pan sur la gueule pan.

Il était drôle quand même des fois le tonton Alexandre mais ça durait pas longtemps.

Une chandelle brûlait au chevet du défunt.

Une brèche fendait haut le cul du valet d'un.

Le pauvre homme prenait un mot pour un autre.

Sa chemise en fac-similé dans le tiroir du déluge.

Coupez.

Ce pensum fatigue invincible.

Ah oui qu'elle disait la brave Marie m'en a-t-il fait voir avec ses discours d'ivrogne sitôt revenu du bistro il me dégoisait pendant des heures ses histoires à n'en plus finir où il n'était question que de finir mettre un terme à couper court c'était-il logique tout de même ou bien on cause ou bien on la boucle et moi grande bêtasse qui l'écoutais pensant qu'il était malheureux mais ce genre de bonhomme soit dit entre nous il ne prend jamais son pied à la lettre j'aurais dû retrancher la moitié de ses dires ou l'envoyer paître surtout dans ces occasions-là a-t-on idée de se saouler la gueule parce qu'on a raté sa vie vous me voyez en train de courir les estaminets du quartier.

Toutes les situations où je pouvais vider mon sac je ne me les rappelle plus.

Le temps d'une phrase à transcrire.

Juin ses fleurs ses grillons ses parfums.

Ah la poésie mesdames qu'il disait notre secrétaire à la fête communale savez-vous-t-y seulement ce que c'est et madame Thiéroux répondait gentiment oh monsieur toutes les dames le savent la poésie c'est quand on fait des vers à vingt ans nos amoureux nous en ont tous fait.

La poésie oui c'est quelque chose mais imaginez que ça outrepasse la vingtième année où irions-nous mais qu'elle s'adresse aux dames ça chacun en tombe d'accord.

Une bien jolie fête avec cavalcade et tout dommage qu'il pleuvait mais c'est chaque année pareil à propos de pluie les escargots parce que son garçon en pêche dans les haies elle est bien forcée de les faire cuire des fois il y en a cent ou deux cents c'est une cochonnerie passez-moi l'expression pour les faire dégorger et ça prend un temps ensuite on met beaucoup d'ail et de persil pour que ça ait bien le goût d'escargot.

La poésie oui mais cette cuisine à vomir.

Elle en avait marre soit dit entre nous de ne jamais pouvoir décoller de ses fourneaux surtout le soir par beau temps les couchers de soleil elle pouvait se les mettre c'est vrai la condition des femmes dans le fond.

Et qu'il faille à chaque fois se dire ne retombons pas dans nos idées noires il existe ailleurs un coucher de soleil bien plus beau unique en son genre à la portée de tous où l'on puise la force de surmonter les tristesses de la vie un petit effort et vous le verrez et tous les soucis passent un peu comme la jouvence de l'abbé chose vous vous souvenez eh bien c'est ça la poésie mais l'effort il faut d'abord le faire et il y a des jours où on dit merde plus volontiers.

Ou alors qu'elle se mordait les doigts de s'être mariée qu'est-ce qu'on en a à foutre elle était pour l'union libre et pas d'enfants ou juste celui de l'amour qu'on place dans une institution moderne pour lui faire passer le goût de la famille et la mère peut s'intéresser à la politique et réformer la société des hommes ces salauds nom de Dieu ils nous défoncent le cul le cœur et le cerveau et voyons madame Buvard surveillez-vous il y a ici des oreilles de jeune fille c'était le temps des fraises comme il passe et des premières cerises chansons tout ça chansons.

Le temps des fesses ouais et des premières orties attention les amoureux la nature c'est bien joli mais ça pique ça pique un jour je me souviens mon jules avait oublié la couverture et moi dans le pré toute madame Buvard ça nous fera huit francs soixante-quinze plus cinquante centimes de persil neuf vingt-cinq.

Mais que fait-il de ses journées.

Je le vois le matin ouvrir son volet à huit heures ensuite vers les neuf heures il fait le tour de son jardin ces temps-ci il se penche sur une rose et puis sur le chèvrefeuille d'après madame Marie il est très sensible aux odeurs et puis il s'arrête tout à coup il paraît réfléchir à moins que son intestin ne le travaille et il repart vers le puits toujours ce puits je me demande ce qu'il lui inspire il va se jeter dedans un beau jour si ça se trouve.

Le temps des roses tiens.

Ensuite.

Ensuite je le vois rentrer et il ressort vers les onze heures et il refait son tour et il rentre et il ressort vers les deux heures et ensuite vers les cinq et enfin vers les sept heures jusqu'au moment où sa bonne l'appelle de sa voix de rogomme pour le dîner.

Ah parce qu'elle boit aussi.

Elle dit que non mais demandez à l'épicière.

Alors ce qu'elle ne comprenait plus c'était ce que disaient d'autres de lui qu'il passait ses journées au bistro ou ailleurs ne précisons pas une vie de patachon de vieux marcheur et quand je dis marcheur racolant n'importe quoi ne dormant plus chez lui ou jouant les mendigots les représentants paumés les comédiens de bas étage les traîne-misère et tout comment s'y retrouver dans ces contradictions.

A quoi l'autre répliquait si vous vous fiez aux ragots jamais vous ne vous y retrouverez et d'ailleurs que faites-vous du temps il a pu autrefois mener une autre vie et maintenant s'être rangé or les bruits anciens courent encore et se mêlent aux récents pas de différence de nature et c'est tant mieux s'il fallait constamment dans tous les domaines faire le tri entre le vieux et le nouveau jamais rien ne prendrait forme rien vous m'entendez c'est ça la civilisation.

Rangé rangé avec la gueule qu'il a est-ce qu'un homme rangé a cette bobine voyez l'oncle Théo lui au moins il inspire confiance.

L'horreur de la mémoire.

Ou alors une double vie pourquoi pas ça prendrait de l'intérêt.

Cette coupure de la nuit des temps.

Les bruits anciens qui se mêlent aux nouveaux répétait ce pauvre Alexandre voilà pourquoi j'ai la tête comme une usine.

Et il remontait dans sa chambre et notait voix de partout d'avant de cette nuit d'après m'en voici porte-parole traces d'effacement.

Ressurgir les vieux mythes.

Chansons tout ça chansons.

Le temps des alouettes et des coquelicots.

Il allait le matin faire des bouquets dans les champs trouvez-vous ça normal à son âge précédé du chien qui disparaissait dans les herbes reniflant traces de lièvres et de passereaux joli tableau champêtre et chant des temps lointains où la nature ce vieux piège à cons régnait sur les cœurs purs.

Monsieur Théodore quand même je lui disais pourriez-vous pas vous occuper utilement je ne sais pas tenez faire du jardinage planter des arbres des poireaux des salsifis ça nous reviendrait moins cher un paquet de graines au printemps j'entends pour les légumes et nous voilà saufs pour la saison au lieu que tous les jours ces dépenses à l'épicerie un sou est un sou.

Vous me rappelez ma mère qu'il répondait et puis les salsifis faire encore de ces saletés paraît que c'est cancérigène.

Parce qu'il suffisait d'un mot pour le faire repartir dans son batifolage il se mettait à dégoiser ses calembours comme du temps de son père qui méprisait tous ces jeux-là et traitait son garçon de musette.

Parce que moi sa maladie.

Pourquoi sa maladie toujours revenir là-dessus est-ce l'essentiel qu'on déplore son état bon mais qu'on en fasse notre pâture quotidienne la barbe a-t-il seulement un médecin et puis qu'il se débrouille disait Étiennette depuis qu'elle travaille dans les bureaux et qu'elle a une voiture elle n'est plus la même rappelez-vous la délicieuse

189

jeune fille qu'elle était si discrète si humble tant mieux pour elle dans un sens et tant pis pour nous la discrétion ni la modestie n'ont jamais été un atout de réussite mais pourquoi reparler d'Étiennette j'avais il me semble à son sujet quelque chose sur le bout de la langue qui ne me revient pas à moins que ce ne soit le fait de classer ces maudits papiers son nom me sera revenu incidemment sous les yeux ou bien encore s'agirait-il de l'horrible épisode du cimetière que vous venez d'évoquer le corps de Mortin retrouvé raide sur la tombe nous ne sortirons donc pas de ces visions rétrospectives jolie méthode pour aller de l'avant.

Parce qu'il était comme ça monsieur Théodore des bonnes intentions à paver un enfer des réactions imprévisibles contre son tempérament noireux qui pouvaient aux yeux d'un tiers inaverti le faire passer pour gai ou dynamique de sorte que les bruits qui couraient sur lui ne se ressemblaient guère et comme ils lui revenaient aux oreilles ils le troublaient profondément lui faisant se poser des questions et les résoudre mal mieux lui aurait-il valu de se retirer loin des cancans et des échos et ne plus tenir compte du qu'en-dira-t-on sa nature profonde aurait repris le dessus et si c'était une mélancolie sans remède eh bien il se serait jeté dans le puits et adieu pourquoi d'ailleurs souhaiter à tout prix une santé factice à ceux qu'on aime elle doit les bouleverser bien davantage qu'un mauvais sort accepté le destin est le destin il aura toujours le dernier mot et ce n'est pas en soulageant les gens à coups de pilules de granulés ou de persuasion qu'on les rendra plus heureux la psychologie moi et puis enfin le bonheur a-t-on jamais su ce que c'était et l'amour confondu avec le plaisir est-ce que ça tient debout voyons relisez les grands auteurs et ne retombons plus dans ces propos de concierge.

Car en effet les morts répondent.

Tout pleins de photos horribles de personnes étranglées ou pendues ou égorgées.

Répondent mais dans un langage qui est le leur proche de celui du rêve bénédiction ah qu'il revienne.

Grande bêtasse pas un mot de vrai dans ce qu'il vous raconte comment voulez-vous faire une vie entre la peur du cimetière et l'horreur de la mémoire.

Ou si c'était ça qu'on appelle la vie.

Parce que vous alors vous n'y croyez pas au progrès de la science.

Chère mademoiselle on ne croit pas au progrès ce sont les idéalistes on le constate encore faut-il s'entendre sur le mot progrès le sens qu'on lui donne aujourd'hui est un piètre dérivé celui qu'il a est d'un autre ordre.

Oh en voilà un ton de pimbêche.

Manque un raccord.

Il voyait sa bonne monter subrepticement l'escalier aller jusqu'à son

192

bureau y pénétrer une lumière rose emplissait la pièce elle se dirige vers le secrétaire fouille dans les tiroirs les dossiers prend des notes sur un calepin détourne des brouillons dans la corbeille à papier et repartant sans bruit va s'enfermer dans sa chambre et rédige dans sa langue de concierge un journal où se mêlent les réflexions sur l'existence le sort des bonnes la religion la condition des femmes le coût de la vie alternant avec des recettes de cuisine et des relations de rêves où l'inconscient de cette pauvre créature s'en donne à cœur joie c'est un.

Une lumière rose emplissait la pièce elle se dirige vers le lit pose le plateau du petit déjeuner sur la table de chevet et avant que le dormeur ait le temps d'ouvrir l'œil lui plonge dans la gorge le couteau à pommes de terre.

Pourquoi qu'elle apporte le plateau du petit déjeuner dis tonton.

Parce qu'elle a l'habitude et pour ne faire naître aucun soupçon dans l'esprit de son maître au cas où il serait déjà réveillé.

Qu'est-ce que c'est soupçon.

C'est la maladie des minables continue.

Une lumière rose emplissait la pièce elle se dirige vers le lit pose le plateau de pommes de terre sur le pot de chambre et avant que l'éveillé ait le temps de dire ouf l'étrangle avec la.

Coupez.

Dire qu'il y a pensé aussi à son assassinat par la bonne ce vieux trou de balle moi qui le connaissais comme pas un il me bassinait avec ses soupçons relatifs à Marie elle changeait avec l'âge devenait sournoise fouillait dans ses tiroirs et recevait de plus en plus fréquemment un neveu à l'air louche qui restait le soir des heures à discuter à voix basse dans la cuisine aux questions de son maître elle répondait que ce garçon avait des difficultés d'argent il venait lui demander conseil et la tapait chaque fois de dix francs un

sou est un sou bref Alexandre n'avait
plus confiance en elle il allait lui interdire de recevoir ce type qui aura eu le
temps de faire un plan de l'appartement
quant au coffre de ma chambre il doit y
avoir belle lurette que Marie lui a révélé
sa présence que vais-je devenir j'en ai
des cauchemars faut-il renvoyer cette
bonne pour trouver pire c'est affreux je
lui répondais vous vous montez la
tête qu'est-ce qu'il vous arrive Marie la
plus dévouée des femmes la plus hon-
nête mais il ne m'écoutait plus.

Assassiné par sa bonne ou par un
neveu de celle-ci encore une nouveauté.

Répéter je suis mort nulle part je ne
me tairai pas.

Répéter émerger de moins que rien.

Répéter reprendre du poil de la nuit.

Et s'il le faut nous dormirons vingt
heures ajoutait-il les histoires du tonton
me rendront chèvre car il continuait à
trier les papiers à les numéroter je le
vois encore son petit chapeau crasseux
son petit lorgnon revenir de la biblio-

thèque à vous fendre le cœur un verre par-ci un verre par-là si mignon avec son histoire du petit éléphant et de la petite soupière au lait du rationnement il était fin rond on le taquinait on repayait une tournée sa petite moustache son petit ruban qui couratait d'une chemise à l'autre notre jeunesse au café des illusions.

Café des illusions.

En a-t-on rêvé de gloire et de salut public et de moralité et de poésie messieurs quelle chose puisse-t-elle passer le cap de la vingtième année or comptant ceux qui restent à la cultiver monsieur Théo n'alignait pas trois noms sortant de sa valise des brochures anciennes il se mettait à réciter les odes à chose les élégies à machin et les sonnets d'un.

Bétoine mélampyre bluet coquelicot.

Dodo l'enfant do.

Vieilles chimères tout se défait.

Le calme relatif de l'âme.

Oh ce n'est pas que la mère Marie ait été une sainte non elle a fait jaser rapport à ses dons de sorcière comme disaient d'aucuns qui allaient la consulter le soir dans sa cuisine parlant à voix basse de leurs ennuis matrimoniaux elle avait paraît-il une double vue et usait de pratiques bizarres pour mettre hors de défense l'agent de trouble quand ce n'était pas l'éliminer mais nul n'en peut fournir aucune preuve Dieu merci.

Ou ligoter l'hérétique sur le bûcher.

Raccompagnait au portail son soi-disant neveu et lui chuchotait trois mots à l'oreille.

Se promenait le soir du côté du cimetière pour observer son maître à la dérobée.

Mais quand on repense aux derniers jours du patron une chose frappe la sérénité à laquelle il était parvenu plus rien d'agressif dans son comportement plus de sautes d'humeur ou alors était-ce le gâtisme il serait retombé en enfance pipi popo mais tout ça est si vieux en tout cas une impression me demeure de détente n'est-ce pas votre sentiment.

Oh moi vous savez je ne l'ai guère connu qu'à l'hôpital après l'attentat il était sous l'effet des calmants et tous les opérés alors réagissent de la même facon.

Bref la bouteille à l'encre.

Et vogue la galère.

Quant à confondre un enterrement avec un autre hélas vous savez ce que c'est la mémoire nous serons tous à la même enseigne les modalités diffèrent peu et les défunts itou sans parler des survivants on ne pouvait lui reprocher à ce pauvre neveu d'être un peu vague sur le sujet comme aussi.

D'être un peu vague sur le sujet comme sur celui des notes reproduites en fac-similé peut-être était-ce son intention et l'avait-il oubliée au moment de livrer les documents à la fondation Toto ou Zozo un nom comme ça encore faudrait-il aller vérifier sur place les dames qui se sont occupées à classer ces notes ont pu prendre les originaux pour des reproductions ou vice-versa pourquoi attacher tant d'importance à des détails qui n'en ont pas et d'ailleurs.

Qui n'en ont pas et d'ailleurs sait-on seulement si le fameux volume de cette soi-disant bibliothèque simple remise de patronage probablement a pour auteur le vieillard en question ou même n'est pas tout autre chose les archives de la paroisse ou de la commune ou Dieu sait quoi à supposer qu'il existe je trouve pour ma part cette histoire de chaîne qui le retient au pupitre bien sujette à caution encore une fois ne nous mettons pas martel en tête et allons constater de visu.

Comme aussi la question du codicille vous connaissez comme moi les imbroglios inimaginables créés par les testaments qui sont la plupart du temps refaits refondus perdus détournés interprétés et cætera réalisez-vous dans quel pétrin vous vous fourrez en voulant mettre les choses au clair tout ça me paraît enfantin sinon pire.

Monsieur Théo disait en parlant de son oncle qui lui rebattait les oreilles de ses doutes sur la valeur de ses brouillons que suivant les jours il piquait au hasard entre les pages de son fatras une remarque et la commentait interminablement sans tenir compte ni du domaine auquel elle ressortait ni du temps où il l'avait faite si bien que le lendemain il pouvait tomber sur une remarque infirmant l'autre qu'il commentait à nouveau sans faire de rapprochement avec ses assertions de la veille si bien qu'un tiers non averti aurait pu le taxer de gâtisme mais que pour sa part il n'en jugeait pas ainsi le commun des gens n'entendant rien aux contradictions d'un esprit qui plus il a de vigueur plus il paraît déliquescent si bien qu'il se cramponnait à la table où ils étaient tous deux assis pour écouter monologuer monsieur Alexandre convaincu qu'il assistait à une manifestation hors pair de lucidité si bien qu'il s'était persuadé en fin de compte que ce n'était pas le hasard qui faisait mettre à son oncle le doigt sur telle pensée ou sur telle autre lorsqu'il ouvrait son manuscrit mais qu'un mécanisme subtil et parfaitement au point quoique inapparent fonctionnait en vue et de la rédaction des notes dans un temps X et de la révision d'icelles dans un temps Y aucun repère matériel ne pouvant être pris en considération pour autoriser un quelconque jugement de valeur sur l'équilibre des forces en présence si bien que n'importe quoi en définitive qui tombait de la plume ou sortait de la bouche du vieillard l'incitait à la plus extrême attention.

Pauvre monsieur Théodore on comprend qu'il ait fini comme il a fini.

C'est encore lui soit dit en passant qui aurait imaginé croyant bien faire l'existence d'une seconde bonne succédant à Marie afin de brouiller les pistes lorsqu'on se pencherait sur les souvenirs du défunt laquelle seconde bonne aurait fouillé les papiers du maître pour s'en inspirer dans son journal et ne connaissant rien au passé d'Alexandre que par ouï-dire aurait non seulement confondu les faits et les noms mais qui plus est mêlé subrepticement ses écrits entre guillemets à ceux de Mortin d'où une explication possible pour les exégètes futurs des prétendus troubles mentaux dont il souffrait et du désordre qui régnait dans les dossiers cela dans l'impossibilité où il se trouvait donc monsieur Théo de laisser entendre que Marie était capable d'une telle action les témoignages des survivants ne pouvant que concorder sur son intégrité.

Quid alors des bruits qui couraient sur ses dons de sorcière.

Manque un raccord.

Ou n'existaient que dans l'esprit d'une personne malintentionnée qui n'était pas de chez nous ou tout simplement dans celui du malheureux tonton.

Voix de partout.

Mais les explications après coup ne pouvaient que diminuer voire réduire à rien l'importance des écrits en question se placer au point de vue de l'analyste en tout cas eût été aberrant un texte digne de ce nom n'étant ce qu'il est que par une grâce qui se moque bien des engouements à la mode.

Précédé du chien qui disparaissait dans les herbes l'enfant allait faire des bouquets le matin.

Une grande phrase qu'il faudra bien désavouer pour resplendir hors de l'affreux glossaire.

Pied à pied cette rédemption.

Pour les touristes cette bouffissure dégoûtante vous vous souvenez elle est toujours là la pauvre elle prend encore plus de place sur le trottoir ce n'est pas la catégorie des mi-mouches elle engraisse avec l'âge et maintenant elle renonce à se laver figurez-vous qu'elle traîne un relent à vous soulever le cœur.

Et l'autre ne savait plus que faire de ses salades qui montent elle n'osait pas manger de fraises rapport à l'urticaire elle ne voulait pas de cerises rapport à l'intestin elle hésitait entre une boîte de sardines et une de thon elle a pris pour finir un paquet de riz c'est encore ce qui passe le mieux si on peut dire.

Parce qu'avec cette mode de quitter la ville les touristes me demandent tous les jours si je connais quelque chose à vendre pas plus tard qu'avant-hier j'y ai répondu que le cabanon derrière mon clos était libre eh bien à c't'heure il est acheté où ça va-t-il nous mener cette ruche sur les campagnes comme disent les journaux.

Une ardoise oui sur laquelle il note ce qui lui passe par la tête et le matin venu il efface tout mais les mots lui restent dans la gorge alors il les retrace.

Jusqu'au jour où sa main ne pouvant plus suivre sa pensée il étouffera pour de bon.

Mais le maître se révolte à cette prédiction et répète non je ne me tairai pas confondant parler avec tracer sur l'ardoise et il se bourre de remèdes contre les rhumatismes articulaires c'est-il bête vous savez ce que je pense des granulés et autres expédients.

Et de la psycho-posologie ou posolo-psychagogie ou ménopau-papotagie bref voilà pour le moment.

Qu'est-ce que c'est le moment.

C'est la merde où on se trouve en espérant d'en sortir pour retomber dans un autre moment continue.

Une invraisemblable histoire de lorgnon du tonton Alexandre qu'il aurait suffi de se mettre sur le nez pour voir la citrouille devenir un phénix le clapier ou la brouette un escalier monumental qui vous faisait parvenir au septième ciel bref son verbiage coutumier qui prenait avec les années une forme clinique comme si le rêve j'entends celui qui sauve pouvait être le fruit d'expédients ou de procédés.

Monsieur Théodore remontait dans sa chambre et notait une pensée relative aux errements des esprits les plus distingués puis il se replongeait dans ses lectures.

Ses lectures ses lectures on sait ce qu'elles étaient des grimoires traitant de magie de sorcellerie d'alchimie qu'il attribuait à son oncle pour donner le change à cette idiote de bonne tourmenté qu'il était par le serment qu'il avait fait à la légère de ne s'occuper de son vivant que des dossiers d'Alexandre.

Ou si le vieux schnock avec ses airs de n'y pas toucher n'avait de son vivant qu'accumulé des notes relatives à ces matières aussi scabreuses qu'ésotériques comment savoir le soi-disant volume relié de notre bibliothèque vous pouvez toujours le chercher ce n'est qu'une fable accréditée par certains qui n'ont jamais mis les pieds à la fondation ou qui se gaussent de mademoiselle Moine.

Fixé par une chaîne au pupitre.

Demander Marie habitudes Alexandre et manies Théodore confusion intolérable oncle neveu.

L'ardoise en miettes elle riait bien qu'on en fasse un drame c'était le chien qui l'avait cassée en tirant sur la ficelle qui la reliait à l'éponge un jeune chien joueur comme tous les jeunes chiens l'ardoise était à plat sur la table de la cuisine elle s'est brisée par terre Marie l'avait remplacée le lendemain.

Un jour plus un jour les détails changent on n'y prend pas garde et puis au bout du compte on ne reconnaît plus rien.

Un jour plus un jour.

Il se promenait dans un jardin qu'il ne reconnaissait plus parce qu'un manitou invisible et cætera ce genre de mièvrerie qui fait rêver les enfants mais alors le rêve où est-il et comment y accéder sans tricherie quelque chose un détail un rien a dû se perdre en route.

Un rien à la dérive.

Quelque chose comme l'âme ou ce genre de pet baladeur dont il faudra bien un jour revoir la notion avec le sérieux des enfants eh oui on y reviendra et on sera bien étonné de.

Bien étonné et comblé soudain.

Et monsieur Théodore qui croyait faire une découverte se frottait les mains comme Guignol après avoir rossé le gendarme le spectacle en eût valu la peine mais il n'y avait pas de spectateurs.

Ou qu'il fallait être bien aveugle pour s'être cru assez éclairé et la suite bref ce genre de rhétorique bon marché.

Pas de spectateurs mais une écoute quelque part tout à fait impossible à méconnaître c'était peut-être ça l'âme en question bref ce genre de pétition de principe à moins qu'il ne la confondît pour faire chic avec ce qu'ils appellent la conscience ce vieux piège qui porte si bien son nom.

Mais qu'en tout état de cause il était exclu de pouvoir dormir lorsqu'on avait comme lui pour tâche de mener à chef ce sacré classement.

Adieu les vingt heures de sommeil le rêve il ne le trouverait pas dans son lit.

Marie frappait toc toc toc elle apportait le petit déjeuner elle entre et stupéfaite voit le maître à son secrétaire où il dormait comme une souche il ouvre l'œil il dit qu'il va vendre son plumard elle répond vous perdez la boule.

Vendre son plumard oui pour n'avoir plus la tentation du sommeil et rester fixé à son pupitre pourquoi pas avec une chaîne pendant que vous y êtes afin d'y trouver là et non ailleurs le calme relatif de l'âme la détente le repos l'extase ou Dieu sait quoi il repartait dans son verbiage et Marie le tirait par la manche jusque devant le petit déjeuner en répétant une bonne raclée voilà ce qu'il vous faut.

Ou que la nature avait bien fait les choses retomber en enfance serait le salut de qui a perdu son âme seul lieu du rêve nursery des chimères et vas-y papa de ton gazouillis pipi popo.

Coupez.

Il bafouillait bien un peu le brave homme quand on lui posait la question pourquoi continuer à tenir vos registres à prendre des notes et à faire vos brouillons comme vous dites il répondait l'habitude l'habitude vous savez ce que c'est et puis s'il était en confiance révélait des petits secrets touchants sur le besoin de compagnie ses papiers jouaient le rôle de confidents et sur celui du bricolage tout jeune déjà il lui fallait constamment avoir un petit travail en cours une petite peinture un petit sonnet un petit machin ajoutant tout bas comme s'il confessait une vilenie j'avais des dons tel que vous me voyez on me l'affirmait du moins mais dans ce domaine uniquement rassurez-vous je n'ai jamais rien compris aux mathématiques à la sociologie aux choses d'importance heureusement car si c'eût été le cas elles ne m'auraient pas conduit plus loin qu'où j'en suis à cette heure il doit y avoir chez moi une bizarrerie de caractère que je ne sais trop comment désigner mais qui m'aura empêché toute ma vie de jamais venir à bout de rien.

Des bonnes intentions à paver un enfer.

Et puis il rebuvait un petit coup de blanc et il lissait son petit chapeau sa petite moustache et pouf il rebredouillait des petites choses adorables sur la

nature les couchers de soleil les petites
souris les rations de lait et les criquets
de sa maman tout ce qu'il aurait pu dire
s'il n'avait été ce qu'il aurait voulu ne
pas.

Mais nous forcément on lui repayait
un verre et alors il était à vous fendre
le cœur mêlant bredi-breda des petits
poncifs sur l'art et le sentiment et la
misère et les hip pardon difficultés des
impôts et des choses invisibles que hip
pardon qu'est-ce que je disais quand tout
ça ne finissait pas dans des petits sanglots.

Ah le café des illusions il en aura bien
entendu notre jeunesse quoi.

Ou notre résignation ce ratage d'envergure pouf un petit coup de blanc.

Pourquoi pas en définitive disait Louis
le serveur finir comme ça ou autrement
c'est kif kif le plus dur c'est d'accepter
ensuite on n'y pense plus mais il buvait
aussi et des fois on ne suivait pas ses rai-
sonnements voulait-il dire accepter une
tournée de plus nous n'avons jamais eu

beaucoup de peine à le faire ou accepter le ratage d'envergure dans ce cas on y pense jusqu'à la fin on s'y accroche comme à la bouée ou accepter de dire ce qu'on n'aurait pas voulu ou accepter de ne pas le dire dans ce cas tout est à recommencer ça ne pouvait pas être l'existence tout de même à moins que.

Manque un raccord.

Autre chose par delà les consciences.

Ce qu'il y a de sûr ajoutait Magnin c'est que nous aurons tous été à la même enseigne et ça c'est réconfortant ça prouve l'intérêt qu'on porte aux liens qui nous unissent et non celui de chacun à ses seuls problèmes comme le prétendent ceux qui ne réfléchissent pas mais est-ce qu'il entendait réconfortant dans le sens résignation à l'échec collectif ou dans le sens révolte nécessaire ce qui par parenthèse implique dans les deux cas d'autres tournées jusqu'à la fin.

Le petit coin gauche en entrant.

Et il ressortait faire un tour de jardin où l'herbe les feuilles les parfums les oiseaux étaient soudain de même nature que les choses dites tout se confondait dans un murmure illocalisable comme si l'œil l'oreille et le nez n'étaient qu'un seul moyen forgé par le manitou en question pour faire tomber ceux qui ne réfléchissent pas dans le piège qui porte si bien son nom.

Tout redire oui tel était le programme mais qu'on imagine l'état de ce vieillard à qui rien n'avait réussi pas même la succession de Dodo pouvait-on lui reprocher d'en perdre la boule ou de paraître effondré suivant les jours la conscience c'est bien joli le devoir la parole donnée mais les forces qu'en faites-vous il répétait pourtant bredi-breda nous y arriverons hip pardon avec de la méthode.

Ou si la formule tout redire lui était soufflée par un esprit malin qui s'était voué à sa perte puisque aussi bien il n'avait lui jamais rien dit.

Ou si à force de répéter les formules du schnock il avait fini par les prendre pour siennes.

Nom de Dieu c'est qu'elle nous ferait devenir chèvre disait l'autre mais la bonne la laissait dire ou n'entendait pas ou si mal elle n'était déjà plus de ce monde vouée qu'elle s'était toute son existence à celui qui avait disparu.

Vous me mettrez aussi des haricots.

Le temps comme il passe.

Ce vieux beignet qu'on veut nous faire prendre pour la mémoire de tante Marie.

Impossible anamnèse.

Alors cette rédaction elle avance qu'on lui demandait sachant qu'il songeait à tirer quelque chose du fatras de son oncle il prenait l'air contrit et prétendait qu'il n'aurait plus la force de la mener à chef tout en prônant l'échec pour authentifier son travail.

Authentique authentique est-ce que la merde ne l'est pas où c'est que tu vas chercher des excuses et puis cette mode de cultiver le fiasco à d'autres nous on est des artistes.

Régresser avant le déluge dans un temps qui est toujours le leur.

Elle croyait se souvenir mais tout cela était si vieux qu'il lui disait ne plus y croire tant d'arbitraire à ce travail quand on pense au sérieux des grands livres la réflexion qu'ils requièrent la méthode qu'ils imposent il ne se sentait plus de force mais elle ne savait au juste de quoi il parlait ses confidences étaient rares et elle n'était pas de celles qui se permettent des indiscrétions elle ajoutait curieusement dans son franc-parler quand on veut péter plus haut que son cul on n'a que ce qu'on mérite.

Tiens encore du nouveau.

D'ailleurs qui parle de tenue.

Ou qu'il aurait dit à Théodore la boucle est bouclée tout aujourd'hui m'est à peu près clair ou du moins l'essentiel je suis pressé d'en sortir ce qu'il fit du reste quelques semaines plus tard au moyen du couteau dont on a parlé planté non dans le dos mais en plein cœur il ne s'est pas raté.

Suicide camouflé en assassinat ce qui représente pas mal de perversité.

Mais alors ça change tout disait madame Buvard ce vieux sagoin fallait-il qu'il ait son neveu en haine pour vouloir le faire condamner que savez-vous des suites de l'affaire.

L'autre répondait ce Théodore moi je ne l'ai jamais vu ni personne chez lui c'était à sa bonne qu'il en voulait ou alors à quelqu'un que je ne connais pas.

Quelqu'un qu'elle ne connaissait pas.

Une lumière rose emplissait la pièce il s'est dirigé vers le lit où Marie dormait comme une souche il a fouillé dans les tiroirs mais il a buté contre le pot de chambre qui s'est renversé la bonne a ouvert l'œil elle a poussé un petit cri il l'a ligotée avec une corde et l'a bâillonnée avec un foulard puis croyant entendre du bruit dans le corridor il s'est enfui par la fenêtre en emportant un carnet de notes.

Elle racontait son aventure d'un ton de somnambule inquiétant monocorde et reprenait ensuite da capo comme un vieux disque qui aurait tourné sans arrêt.

216

La mort qui l'attendait au coin de l'oreiller.

Des années après nous rappelant ces détails je m'efforçais de leur faire admettre qu'il s'agissait de bien autre chose que de rebondissements faciles ou de jeux de mots ils ne m'écoutaient pas et me traitaient d'ignorant comme si le drame ne pouvait être le fruit que d'un raisonnement logique.

Et d'analyser le pourquoi et le comment et de décréter en fin de compte que la poésie n'existait pas en dehors d'un certain système ou mode d'emploi.

Ou comme si supprimer l'oreiller éloignait la mort du même coup.

Ah s'il s'agissait de poésie nous comprenons votre.

Coupez.

Voyons voir dit-elle et procédons avec méthode un poireaux deux patates trois radis quatre salade cinq lessive ce qui fait cinq plus quatre neuf plus trois douze plus deux quatorze plus un quinze vous me devez quinze francs mais elle se trompait de colonne prenant les chiffres pour les prix et recommençait ses calculs.

Quant aux bruits qui couraient sur la bonne vous connaissez les culs-terreux une race de brutes épaisses de fumiers de fielleux de vautours vous avez une tête qui ne leur revient pas et toc ils vous taxent d'âme damnée j'imagine que Marie compatissante comme elle était s'efforçait d'écouter les doléances de ses voisines et donnait des conseils que les maris n'encaissaient pas et voilà leur vengeance.

Cette chambre close aux regards.

S'y formaient des images familières aussitôt remplacées par d'autres et par d'autres et par d'autres incessant mouvement celles de la nécropole hypothèses relatives à l'histoire du lieu celles des enfances celles des cataclysmes celles des monstres celles des nuages des routes des ciels des cercles des têtes partout des têtes cette névrose hypothèse relative à l'origine du mal qui donnait un tragique relief à la moindre apparence.

Portant au bout d'une ficelle le paquet de ses ossements voilà où nous en sommes.

Trouver ailleurs les raisons de cet acharnement.

Hors des vestiges d'une conscience avariée.

Cette lettre adressée on ne sait plus à qui.

Mon cher neveu je me refais je me réveille je te désavoue déshérite dégueule.

Finies les tergiversations.

Je suis retourné dans mon tombeau où j'attends la résurrection des morts.

Pour passer le temps et me faire deux trois sous je garde un troupeau de cochons près du cimetière.

Le soir je rentre dans mon trou où je réfléchis à des choses inouïes figure-toi moi qui me croyais voué au rabâchage.

L'odeur de mes bestiaux qui ne me quitte plus m'a fait une âme nouvelle le prodige s'est accompli.

J'ai retrouvé mon ardoise où je note non plus des regrets mais des.

Pour les effacer aussitôt.

En rapport avec la pourriture et la décomposition donc orientés vers le futur.

Chose merveilleuse c'est maintenant moi qui suis attendu espéré ailleurs souviens-toi de la parabole.

Il aura fallu cette ridicule tentative d'évasion pour savoir où réside l'au-delà.

Réside l'au-delà.

Résidence assignée à ce qui n'en peut avoir.

C'est te dire mon cher neveu que je suis en possession de toutes mes facultés si souvent mises en doute par ceux qui te ressemblent.

Trouver une autre façon de formuler l'informulable.

Dire ah dire oh.

Ah.

Oh.

Il aura fallu cette ridicule tentative d'anamnèse pour savoir où réside l'immémorial.

Réside l'immémorial.

C'est te dire qu'enfin dépossédé de toutes mes facultés.

Cette histoire de cochons serait-ce une trouvaille.

Je me lève avant jour réveillé par l'odeur infecte et par les grognements des porcs autour de mon tombeau ils veulent que je leur ouvre la grille du cimetière.

Car en effet ils y sont parqués pour la nuit.

Qu'on juge de l'état de notre nécropole rapport à l'hygiène ça découragera les fanas de la Toussaint.

Alors je me lève et je sors et je vais ouvrir bousculé par les animaux qui hurlent en se précipitant dehors.

Ma tâche consiste à ne pas les laisser s'éloigner et envahir les cultures.

Manque un raccord.

Est-ce qu'on imagine le tableau tout chargé de symboles.

Vers dix heures je casse la croûte avec une betterave et je médite en rotant aigre.

Mon Dieu qu'il en aura fallu des rots et des aigreurs.

Et des betteraves.

Coupez.

Pour donner l'impression de structure ce vieux piège à cons.

Jetons nos perles.

Épicure et saint Antoine.

Afflux de réminiscences cave canem.

A propos de chien il a dû crever dans les hautes herbes il sera bouffé par mes cochons ce n'est plus mon affaire.

Nous en sommes donc au détachement.

Ce mot sitôt lâché voilà que le désir revient.

L'ermite et la tentation.

Sur l'ardoise progression du désir nous n'en finirons jamais.

Vers midi je reprends ma betterave et après manger je somnole sous le gros soleil de juillet digestion pénible cependant que les porcs s'égaillent dans les cultures il me faut alors courir pour les en chasser.

Aborder la question du patron et de la

paie il doit y avoir un patron qui me ré-
tribue nouvelle complication où loge-t-il
quels sont nos rapports lien probable
avec la parabole tu vois cher neveu je
n'oublie rien.

Le porcher du cimetière.

On m'appellerait Popo par défaut
d'imagination mais j'aurais en moi
des ressources qu'il vaudrait mieux
dissimuler pour faire durer le plaisir.

Celui de bredouiller une dernière
confidence pendant qu'on tient encore le
crachoir.

A moins qu'on en soit déjà trop loin
pour mentionner les porcs on ne saurait
qu'en faire.

A moins de leur donner à chacun un
prénom pour remplacer les chers disparus il y aurait Théo Dodo Louis Alfred
Alexandre et cætera de même que Marie
la Magnin la Chenu l'Étiennette pour
les truies serait-ce adéquat peut-être un
peu trop voulu.

Les moissons le temps comme il.

Bleu chicorée aux blés.

Quant au détachement aucun progrès malgré la fable.

Mais le tombeau je le garde il est mon bien inaliénable désormais.

Revenir au bercail tout doucement franchir la grille allée trois cent trente-trois et la suite tout bien considéré ce n'est pas plus triste qu'autre part et de là au moins personne n'aura le front de venir me déloger.

Voir à raccorder cet épisode avec le reste.

Un bel assemblage de mots à la dérive en l'honneur de ce qui ne s'impose plus mais bah vanité que tout ce savoir-faire.

Le temps ce vieux beignet pour nourrissons indécrottables.

Entre deux lignes effacées entre deux mots devenus inaudibles celui de résurrection.

La montagne cette bleue là-bas.

Des enfants descendent en chariot la colline.

Une verveine au jardin.

Le piano de la véranda jouait une valse.

Des arceaux de roses-pompons.

Une aiguille dans le cœur.

Passez muscade.

La remontée malgré tout une fois faite avec le sérieux des enfants reprendre le tout sans visée autre que le plaisir mais que faire du vieil homme qui se débat sur l'oreiller lui parler il n'entend plus tout occupé à rassembler ses forces pour le malpas.

Ou trouver une voix différente qui lui parviendrait comme un élixir et le rendrait soudain à ce qu'il appelait sa destinée pas autre chose que l'état d'origine mais sans l'artifice du temps un plongeon ineffable dans l'eau du rêve où depuis toujours il évolue.

Conscience fatigue absurde obstacle à tout achèvement.

La loi nouvelle.

Et sans outrer quoi que ce soit la certitude d'être enfin rendu en poésie.

Une voix différente qui doit assurer la relève.

Seul objet de mes soins faire durer la minute présente ou disons l'abolir.

De loin en loin un rappel un signe amical afin d'éprouver ma force revenue.

L'épicière a été vue aujourd'hui à l'enterrement de la mère Buvard au milieu de toutes ces dames affligées la défunte était une personne de cœur malgré son éloquence vulgaire on apprend qu'elle eut des attentions exquises pour ses voisines dans la difficulté.

Il faisait une chaleur de canicule la morte était fourguée dans une camionnette de livreur car elle était pauvre mais les couronnes en plastique autour de la bière étaient bien correctes.

Difficile à l'église de suivre l'office nouvelle manière le curé chantant seul mais il a dit par contre des choses sensées et consolantes.

Madame Thiéroux n'a pas été jusqu'à saluer la Magnin mais elle était là tout de même en souvenir de la disparue.

Et le veuf au cimetière s'est mis à l'ombre d'un cyprès crainte d'une insolation preuve qu'il gardait toute sa tête rien de plus inquiétant pour l'assemblée qu'un chagrin sans retenue.

Le cimetière domine les champs de blé tout suffoquait dans l'or et le bleu ça valait presque le spectacle.

La loi nouvelle.

Une fenêtre ouverte sur la nuit.

Lune croissante juillet à son déclin les moissons vont finir.

Une voix différente mais soudain comme une rosée l'amour de ce qui a été dit.

Tout reprendre avec le sérieux des enfants j'écoute chanter le Théo que j'étais le vieux Dodo est mort et je repense à ses tracas et à ses aversions.

Autre chose se prépare au-delà des consciences il a fallu les réformer d'abord nous y avons pris peine.

Reprendre le harnais avec d'autres visées.

La crainte de ce que recèle la nuit

des temps est loin les vieux mythes oubliés s'apprivoisent avec de la patience.

La maison et ses alentours n'ont plus l'aspect d'autrefois débarrassés des hantises de l'occupant qui en déformaient l'apparence.

L'enfant do.

On l'aura mal aimé ce vieux porte-malheur mais il avait pressenti quelque chose sans en trouver la formule je relirai ses notes et j'en tirerai parti.

Que de tergiversations pour prendre pied enfin sur le terrain du rêve celui qu'il a cherché sans y atteindre.

Il sera mort avant l'août sans avoir payé ni l'intérêt ni le principal mais une autre moralité lui tiendra compte de son innocence éperdue et j'en serai l'auteur n'en déplaise au bon fabuliste.

Voilà le champ qui s'ouvre au survivant.

Le trajet de la chambre au puits est à ce jour un sentier qui traverse le jardin en diagonale il y a des buis qui le bordent sur la gauche et plus loin des marguerites l'été et des dahlias l'automne sur la droite le potager où Marie avec méthode cultive poireaux persil et tomates.

Des arceaux de roses-pompons.

Une aiguille dans le cœur qui nous a fait passer d'un âge à l'autre.

Le piano de la véranda.

Suffit d'une phrase à transcrire.

Et que prouve cette phrase dont les méandres et les repentirs évitent la ligne droite sinon qu'elle s'en méfie.

L'amour de ce qui a été dit vous revient sans prévenir.

Et vogue la galère.

De loin en loin un rappel un salut amical je ne crains plus les cauchemars.

A loi nouvelle fable nouvelle attendons qu'elle prenne corps au fil des jours.

Parce que dire et redire font deux le matériau est cher un peu de patience siouplaît.

Les lys du grand sommeil.

Enfin rendu en poésie.
Une verveine au jardin.

Tous regrets étouffés tâche acceptée recomposer contre l'angoisse d'où qu'elle vienne ce rêve inoublié pour finalement le laisser bien loin vieux plafond chargé d'oiseaux et de fleurs dans le goût d'autrefois et progresser vers l'inaccessible sans repères sans ratures sans notes d'aucune sorte insaisissable mais là auquel croire sous peine de ne jamais mourir.

CET OUVRAGE A ÉTÉ ACHEVÉ D'IMPRIMER
LE HUIT OCTOBRE MIL NEUF CENT
QUATRE-VINGT-ONZE DANS LES ATELIERS DE
NORMANDIE IMPRESSION S.A. À ALENÇON
N° D'ÉDITEUR : 2661
N° D'IMPRIMEUR : I1-1661

Dépôt légal : octobre 1991